詭軼紀事 伍

頭肩三把火

記錄詭譎散軼的靈異故事之書

Div（另一種聲音）、尾巴Misa、
龍雲、笭菁——著

目錄

（※本故事內容純屬虛構，如有雷同，純屬巧合。）

第一篇——三把火——Div（另一種聲音）

序

這裡是一間房間，燈光晦暗，房間牆上懸掛著四張長度約一公尺的畫，四張畫上各有兩個字，分別是「清明」，「中元」，「萬聖」，以及「聖誕」，這象徵著中外四大節日的畫，內容卻一點都不賞心悅目，甚至可說是恐怖陰森。

第一張寫著「清明」的畫，圖上有一棵樹，樹下兩個男子，似乎是兄弟，他們正拉著一條繩子，而繩子則吊在一名女子的脖子上，女子歪著頭，舌頭吐出，眼看就要被吊死，令人在意的是那女子的目光，凶狠而淒厲，瞪著那對兄弟。

第二張寫著「中元」的畫，則是畫著深山中的一條溪，溪邊一個少女正在癲狂跳舞，少女的高跟鞋豔紅如血，讓人心驚，而且朝著溪中仔細看去，隱約可見一張臉懸浮其中，水裡似乎有具浮屍，而浮屍瞪著跳舞少女，似乎正在笑。

第三張寫著「萬聖」的畫，這張圖畫的場景是幼兒園的教室，教室窗外都是鬼影，巨人般的鬼，提著南瓜燈籠的鬼，飄浮在空中的鬼，像是西洋版的百鬼夜行，只是鬼群中央一個影子特別引人注目，那是一個蒼老的身影，他彎腰駝背，滿臉驚恐，只有他是人……一個被群鬼捕捉的人。

第四張畫的結構和其他畫作比較起來單純得多，只有一個男子躺在地上，表情極度驚嚇，雙眼突起，直瞪著他的腳底之處。

他的腳底有什麼古怪？那是一雙襪子，黑色長筒，襪緣是古怪的波浪邊。

這張畫乍看之下並不恐怖，但如果你每天看，就會發現這男人每一天的腳都被這襪子吞入多一點，吞完了男人的腳，會繼續往上吞，直到男人完全消失在襪子裡……不久之後，又會有新的人出現在畫作裡，有時是女孩，有時是老人，有時甚至是小孩。

這張畫的名稱是「聖誕」。

房間內，這四張詭異畫作所正對之處，是一張豪華寬大的歐式單人沙發。沙發上，一個男子正彎著腰，低著身子，不知道在地板上排著什麼……

只聽到他一邊排著，一邊低聲哼唱著。

「一把火，兩把火，三把火……」在這個燈光晦暗的房間裡，可見地板上閃爍著三支蠟燭的瑩瑩火光，「全部都被吹熄後，你的命就是我的啦，嘿嘿。」

你的命就是我的啦，嘿嘿。

1. 三十九年前的嬰兒

小龍一家在外人眼中很平凡，小龍自己就讀大三，妹妹小嵐念大二，兩兄妹偶而打鬧但其實感情不錯，小龍媽媽叫做樂姨，因爲喜愛小孩，在幼兒園擔任老師，而小龍的爸爸叫做泰叔，在一家製造工廠擔任課長。

不過這一年四大節日的遭遇，卻讓他們經歷了許多不平凡的恐怖事件，而這一切事件，都從夢見小叔公開始。

爲此，小龍問爸爸泰叔，關於小叔公的故事。

泰叔說，「你的小叔公年輕時候就是家族裡面的神祕人物，聰明又愛冒險又無所不知，所以我小時候都超崇拜他的，而且他還懂道術，但很奇怪的是……」

「是什麼？」小龍問。

「有幾年他突然消失，回來之後他走路就常一拐一拐的，腳上似乎受了什麼無法復原的傷，更莫名其妙的是，他還對當時仍是小孩的我說：『我要和你，以及你的家人說一聲謝謝。』。」

「小叔公好妙喔。」妹妹小嵐也聽到了泰叔說話，插話道。

「妙嗎？也許吧。」泰叔摸了鬍渣的下巴。「說怪事還有一件，後來我找到了小叔公的孫子，他和我說起小叔公後來離開老家的境遇，小叔公很低調的在工地邊開了一家麵攤，默默的賺錢，但有一天發生了一件事……」

「什麼事？」小龍問。

「有一天來了一台價格千萬的黑頭車，裡面走下一男一女，女子已有身孕，他們兩人不斷乞求著小叔公幫忙。」

「這一對夫妻他們這麼有錢，幹嘛求開麵攤餬口的小叔公幫忙？」聽到這裡，小嵐的興趣也來了。

「不知道。」泰叔搖了搖頭。「但小叔公禁不起乞求，點頭了，不只如此，小叔公還說了一些令人費解的話：『實在不忍心啊，那個胎兒是無辜的，真的非出手不可了，但這個忙一旦幫了，就不好躲了啊。』」

「後來呢？小叔公幫了什麼忙？」

「小叔公的孫子也不知道。」泰叔繼續搖頭。「但按照他的說法，這件事後過了短短的三年，原本沒什麼大病的小叔公，就突然離世了。」

「啊！」

「後來的事情，其實你們就知道了……清明節、中元節、萬聖節，我們家確實經歷了不少事，後來總算順利把小叔公的墓安頓好，應該就會平安無事了吧。」

「不過，爸，現在想起來，還是有件事蠻令人好奇的耶。」小嵐說。「關於那對有錢夫妻和胎兒的事……」

「呵，不知道當時小叔公到底經歷了什麼？不過，過去的事情就是過去了。」泰叔說。「我們現在要追，大概也是什麼都追不到了吧。」

「嗯，明白了。」

但真的是如此嗎？當泰叔一家人認為一切終將過去之際……一個人的出現，卻完全打破了這種想法。

那個人叫做阿生，一個將近四十歲的富裕男子。

他找到了泰叔，並給了泰叔一個令人驚奇的訊息。

他，就是當年那個女子肚中的嬰兒。

「請問，是吳康泰嗎？」

某日下班，當泰叔從公司走出，忽然被一聲音喚住，泰叔回頭，見到一個年紀約末四十出頭的男子，正對泰叔招手。

這男子身材高䠷，面容端正，感覺經濟能力優渥，因爲他背後是一台市價千萬的進口車。

「我是，你哪位？」泰叔回答道。

「太好了！」男子快步走到泰叔面前，這時泰叔才看到這男子在端正的面容中，嘴唇微乾，眼圈泛黑，眼神中更難掩疲憊。「我終於找到你了。」

「請問，找我有什麼事嗎？」

「很抱歉，我是透過徵信社才找到你，」那男子從口袋中掏出名片，遞給了泰叔。「我叫做張陽生，叫我阿生就好。」

「嗯？」泰叔看了一眼名片，某知名大企業的董事，果然是有錢人。

「如果方便，借我一點時間，我們可以找一個地方，我慢慢解釋給你聽。」

阿生笑著，但笑容帶著苦澀。

「有點唐突……」泰叔一時間搞不清楚，「我不過是一個普通的……」

「嗯，我知道我出現得太唐突，但請莫責怪，會找上您，是因爲當年有一個人，留了一張紙條給我母親。」阿生找出一張小紙條，小紙條被膠膜護貝起來，紙張色澤泛黃，顯然有些歷史了。

「有個人留給你母親的？」泰叔感到困惑，伸手接過紙條。

紙條上的字跡蒼勁有力，頗有勁道，而紙條上的名字，卻熟悉到讓泰叔忍不住倒吸了一口氣。

上面寫著：吳萬乘。

吳萬乘，這不就是小叔公的名字嗎？

難道經歷了一年四大節日的恐怖事件，終究沒有結束？又要重新開始了嗎？

因爲這件事牽扯到了小叔公，於是泰叔還是隨著阿生，來到了附近的咖啡館。

而阿生在拿到咖啡時，用力喝了一大口，似乎想趕走困頓的疲倦，說起了他的故事。

「這半年，我不斷做著同一個惡夢。

最初，惡夢是一個月一次，後來頻率越來越高，從一個禮拜一次，甚至是每天……

現在，甚至是我只要一閉上眼，那畫面又會浮現在我的眼前，坦白說，我已經三天沒睡了，深怕一睡，那夢境中的女鬼又會向我襲來。

夢中的光線是昏暗模糊的，我一個人處在這空間裡，周圍一片空曠，但我總能聽到一些細碎的、憤怒的、竊笑的耳語，像是惡鬼們聚集在黑暗中討論著什麼！

而夢中的我，身上有著三盞火光，一盞在我的頭頂，另外兩盞則在我的雙肩，就是有這三盞暖暖火光，讓我在黑暗中不至於孤單。

夢境不斷往前推演，我總能感覺到背後的那片黑暗發生了變化，有什麼東西，正從黑暗中爬了出來。

在地上拖行的聲音，令人顫抖的寒氣流動，古怪的呻吟，我感覺到『她』正在靠近我。

當她越靠近，我就越害怕，我想回頭又不敢，只能不斷發抖，身上那三個火光，也隨著她的緩慢靠近，變得顫抖而衰弱。

然後，我感覺到她來到我的腳邊，繼續往上爬，她冰冷的身軀，爬過了我的腰際，到了我的背上，她枯乾的手扣住了我的肩膀，溼涼的頭髮掃過我的脖子，咯咯的古怪細語在我耳際迴盪。

當她已經爬上了我的背，我感覺到她那乾裂帶血的嘴唇，正靠近了我肩膀上搖曳的火光。

她的嘴唇攏起，下一瞬間，令人感覺到冰冷徹骨的冷氣，就要吹向我的三道火光。」

「然後呢？」故事聽到這裡，泰叔忍不住跟著緊張起來。「吹熄了嗎？」

「我嚇得從床上坐起，夢就斷了。」阿生抓了抓頭髮，難怪他臉上倦容明顯，原來已經三天沒睡。「一開始做夢，我不信邪，連續夢幾次後，我開始看心理醫生，醫生說是壓力大，什麼心理創傷，用一堆專有名詞轟炸我，搞了幾個月都沒效，我還是繼續做夢，而且那女子離我的火光越來越近……」

「嗯，如果不是心理因素，那如果寄託宗教信仰呢？」泰叔說。

「唉，心理治療無效後，我轉而求救於宗教，我找了寺廟道士，驚也收了，符水也喝了，法事也做了幾次，幾百萬元花下去了，卻都沒效。」阿生苦笑。

「我父母留下幾家公司給我，錢不是問題，但卻完全沒有解決我的惡夢。」

「可是，心理醫生沒辦法，宗教信仰也無效，怎麼會找上我？」

「會找上你，是因爲我媽媽。」阿生拿起桌上的水杯，大大的喝了一口水，「我和我媽媽很親，因爲我爸管理企業很忙，我從小都是我媽媽帶大的，她是一個嚴格但聰明的媽媽，她對我影響很大。」

「嗯，所以她要你來找我？」泰叔點了點頭，他可以感覺到，阿生提起媽媽時，疲倦的臉露出難得溫暖放鬆的神情。

「也不全然是，唉，因爲我媽媽七年前過世了。」阿生說到這，臉上閃過一抹黯然，母親的離開對他來說也許眞的是不小的打擊。「會來找你，只是她留下的紙條，和她對我說過的一個故事。」

「故事？」

「是的。」阿生用湯匙攪動面前的咖啡，再次吐出一口長氣。「一個關於我出生，以及我爲什麼叫做阿生的故事。」

這故事是我媽和我說的，她說當年她和我爸結婚多年卻沒有小孩，因爲想要小孩，所以他們兩人努力多年，科學與不科學的方法都試了，始終無法如願……直到有一天，他們遇到了一個人，這人的眞實姓名不詳，只知道他叫「老師」。

他告訴我爸媽一種稀奇古怪的方法，開始我媽只是姑且一試，沒想到竟然成功了，那個胎兒就是我。

懷孕成功，我爸媽好開心，老師卻提了一個古怪規矩，他說這胎兒的命是借來的，不可讓天地神明發現，所以從懷孕這段時間，不可去廟裡拜拜。

我爸媽雖然覺得怪，但他們想起這小孩得來不易，便也答應了，但就在她肚中小孩八個月左右，有件事發生了。

那天，我媽走路經過一座香火鼎盛的大廟門口，卻看到一個小孩在廟門口哭著，我媽心地很好，便蹲下身子問小孩爲何而哭？那小孩說他奶奶帶他進廟裡拜拜，拜完之後說有東西忘記拿，就急著轉頭回廟中，結果他奶奶不知道太心急還是粗心，竟把小孩落在寺廟門口了。

我媽生性喜愛小孩，更心疼哭泣的小孩，想帶小孩進去廟中找尋奶奶，但又想起「老師」的交代，所以猶豫了一下，但她想只是進廟找找人，又不祭拜，應該無事。

於是我媽就這樣牽著那小孩，跨過了寺廟的大門門檻，幸好，才走幾步路尚未到大殿，就見那小孩的奶奶慌慌張張的從廟中跑出來，和哭泣小孩抱在一起。在奶奶不斷的道謝下，我媽自覺的做了件好事，心裡正開心，打算要轉身離開寺廟時，卻發現遠處一位穿著藍袍的廟中婆婆，正目不轉睛看著我媽。

我媽被這婆婆看得心裡有些不舒服，想起「老師」的囑咐，急忙轉身，就要離去。

不過這婆婆看見我媽要走，立刻大步走來，按照我媽說法，這婆婆雖然滿頭白髮，但腰板挺直，目光如爍，行動迅捷，就像二十幾歲的年輕人。

「請留步。」婆婆追上了懷孕八個月的我媽。

「不方便。」我媽感到有些慌張，腳步急了。「我得走了。」

「你肚中的小孩，應該八個月多了。」婆婆和我媽並肩而走。「應該是一個好不容易才懷上的孩子！」

「啊？」我媽嚇了一跳，這婆婆說的也太準了。

「嗯，這胎很特別，是有人教妳怎麼懷孕的嗎？」婆婆眉頭皺起，「他是不是還告訴妳，千萬別進大廟？」

「啊！」我媽腳步停住，睜著不可思議的大眼，看著婆婆。

「我說對了嗎？」婆婆一笑，笑中有著幾分慈祥和嚴肅。「但妳覺得那人說得對嗎？所謂大廟，就是香火鼎盛、神明照護之地，他為何要妳不可接近大廟？」

「我……」我媽也覺得些許不對勁，但她想到老師頗有道法，才能讓自己懷孕，他的話應該不能違背才對。

「距離臨盆只剩一個月……妳最近是否開始做惡夢？嗯……是關於小孩被拿走的惡夢？」

「啊！」我媽再次感到驚嚇，是的，最近一個月，她開始做夢，夢境確實就是如婆婆所言，恐怖而詭異。

夢中，我媽總是躺在床上，有如臨盆孕婦，而一個黑影站在我媽的面前，臉色籠罩在一片黑暗中顯得模糊不清，他朝著我媽的肚子，伸出了雙手。

當那雙手碰到我媽隆起的肚子，詭異的事情發生了，他的手竟然無聲無息的穿入我媽的肚皮中。

而恐怖的還在後面，他竟然從我媽的肚子中，取出了……嬰胎。

那嬰胎蠕動掙扎著，他雖已有嬰孩型態但仍未完全成熟，而那黑色人影捧起嬰孩時，就如同老顧客欣賞貨物般，左右觀看，不時發出嘖嘖舌音。

「再一會，再一會，只要再一會，就會成熟了。」那黑影笑道。「這只陰胎，論時辰、論血脈、論因果，都恰到好處，肯定美味無比啊。」

說著說著，黑影甚至把整張臉湊近了未成形的嬰兒身體，像是飢餓難耐般，用力的嗅著，甚至伸出了舌頭，舌頭又長又濕，有如爬蟲。

每到這一幕，我媽就會從夢境中驚醒。

我媽總是告訴自己，這夢雖然駭人，但只是自己對懷孕生子過度期待造成，但這夢境實在鮮明，又重複不斷，感覺已經不是簡單心理壓力造成，如今一聽到大廟婆婆如此說，讓我媽頓時嚇到停步。

「唉，看樣子我沒猜錯，」那婆婆明亮的眼睛露出哀傷神色。「妳確實做夢了！這胎兒真的是被看上了。」

「被看上？婆婆，請您幫我。」我媽看著婆婆，她不再嘴硬。「拜託，幫我，我，我怕。」

「嗯。」婆婆嘆了一口氣。「也是妳的一念之善，幫助廟口那名哭泣孩童，所以才踏入這座大廟，緣分既然解不掉，該來的還是會來，就讓我來幫妳吧。」

「婆婆……」

「我給妳一個名字。」那婆婆伸出手，摸著我媽的頭，像是母親摸著憐惜的嬰兒。「妳帶著這東西去找這人，這人若願意幫妳，這一關就過得了。」

「這人？」

婆婆從手腕上拆下了一個東西，放到我媽的手心，我媽攤開手掌，竟是一條金色手鍊，我媽正訝異之時，她聽到婆婆唸了一個名字。

匆忙間，她從皮包中掏出小筆，寫下了這三個字。

這三個字就是，吳萬乘。

場景回到泰叔這，他喝著咖啡，不禁苦笑。

阿生的故事眞的太光怪陸離，但又讓人不得不信。

「所以，後來呢？大廟婆婆和我叔叔有幫助到你媽媽嗎？」

「嗯，當然有，」阿生淡然一笑，「這故事的後半段，是關於我媽分娩那一天的事情……」

這大廟婆婆只給了我媽一個名字，原本只有一個名字不易找人，但因爲我媽家族頗有財力，一口氣聘用了多組私家偵探，多管齊下之下，還眞讓他們給找到了。

這個名叫吳萬乘的男子，就藏在某個工地旁，以經營小麵攤爲生。

同時間，我媽也請偵探們開始調查「老師」這人，沒想到不查還好，越查越是心驚，因爲這些經驗老道的私家偵探們，竟然沒有人查出老師是誰！連他的年紀和姓名都是不詳。

不只如此，這些老偵探們查著查著，竟然有幾人將錢退了回來，並說他們要退出這次的調查。

我媽問起原因，只聽這些閱歷豐富的老偵探們說，「我們查案多了，知道有些人可以查，有些人則是萬萬查不得。」

「因爲對方很有權勢嗎？」

「不不，大官大富我們何懼之有？我們介意的，是那些說不明、講不清、碰不得的事情。」

「說不明、講不清、碰不得的事？」

「夫人，妳就別逼問了。」偵探苦著臉。「世間有些事，是大廟婆婆這樣的高人才能處理的，而我們不行，就怕再查下去，恐怕我們也會難以全身而退。」

我媽聽到這裡就懂了，這「老師」不是一般人，他很危險，所以偵探們幫不了忙了。

不只如此，我媽之後的惡夢，更加的變本加厲了。

夢中，那黑色人影又將雙手朝著我媽肚子伸來，再次拖出了嬰兒。

我媽想對這人影大吼、咆哮、叫他住手，但夢境中卻讓我媽動彈不得，她彷彿只是一個旁觀者、一個道具，只能無聲且痛苦的看著一切。

黑影再次高舉嬰兒，左右端詳，然後臉上又是滿意的笑容。

「快熟了，快熟了，再十四天。」黑影咯咯的笑著，「就要是熟度最剛好、最美味的時候了。」

「還……還給我……」我媽掙扎著，她用盡全力只能說出這幾個字。

「喔能說話了嗎？」黑影歪著頭看著我媽，「哎啊，妳去大廟裡了？妳碰到蓮了嗎？」

「我的小孩……還給我……」

「嘿嘿，蓮一定把那人的名字給妳了吧？所以，我又會碰到他了嗎？」黑影眼睛瞇起，語氣陰森。「那個男人，他會願意幫妳嗎？但他可要想清楚，一旦幫了妳，躲了這麼多年的因果又會開始轉動，他可是會死的啊。」

「你……是誰……」

「我是誰？你想看看嗎？嘿嘿。」那黑影把臉慢慢的朝著我媽靠近，越來越近，五官越來越清楚，那笑容也越來越可怕。

然後，就在距離我媽臉部五公分處，我媽放聲尖叫。

因爲她看清楚了黑影的眞面目，他是……

「老師！」

我媽從惡夢中醒來第一件事，就是拉著我爸，去請求麵攤的吳萬乘先生，請他出手保住這嬰兒。

因爲夢中已經很明確告訴她最後期限到什麼時候……十四天！

而好巧不巧，十四天之後，也確實就是她的預產期。

吳萬乘先生見到了金鍊子，表情微微改變，似乎想說什麼，但最後選擇沉默，對我媽他們的請求都恍若不聞，只是默默的煮麵，招呼客人，或是一人坐在角落抽著菸。

而我媽也是有毅力，明明再十四天就要臨盆，總是挺著一個大肚子去求萬乘先生，一日不肯，第二日再去，第二日不肯，第三日再去，就這樣求了整整七日。

終於有天，萬乘先生默默的端上了一碗熱麵到我媽面前。

「趁熱吃了吧。」

「萬乘先生……」

「告訴我吧。」

「告訴你？」

「如果生下了這孩子，妳打算替他取什麼名字？」

「啊，如果生下這孩子……萬乘先生，所以，所以你願意……幫我們了嗎？」

我媽剎那眼眶含淚，雙手摀住了嘴巴。

「嗯。」萬乘先生看著我媽的肚子，把那雙做慣了粗活、表面粗糙卻比什麼都溫暖的手，放在我媽的肚子上。「所以，妳打算叫他什麼名字呢？」

「阿生。」我媽情緒激動，「他生來不易，要知珍惜，所以他的名字必定有個生字。」

「生來不易，要知珍惜，所以叫阿生嗎？這是很好的名字喔。」萬乘先生把臉湊到了我媽肚子旁。「這因果綿延百年，就怕在我們這代結束不了，我有事情要交代阿生這小子。」

「好，」我媽雖然不懂萬乘先生對一個還沒出生的孩子要交代什麼，她還是不斷的感謝著。「萬乘先生，謝謝你，眞的謝謝你。」

「這恩怨在我們這代結束不了，阿生啊。」萬乘先生慢慢的說著。「你要記得，這次你媽保護你，下次，換你保護你媽，才有機會結束，懂嗎？」

阿生，這次你媽保護你，下次，換你保護你媽，懂嗎？

2. 三把火鬼術

萬乘先生決定要幫忙後，問起了不少細節，尤其是老師如何帶我媽求子的。

「方法很怪，但不難，他帶我到一個房間，房間裡面擺放了大大小小的木箱。」

「木箱？」

「對，這些木箱小的大概三十公分，大的則和……棺材一樣，抱歉，我真的有這樣的感覺，每個木箱上都貼著小紅包，看起來有些不舒服。」

「然後呢？他要妳做什麼？」

「他要我用手指敲敲每個木箱，我覺得很怪，但想說只是敲木箱，應該沒啥關係，而且介紹給我老師的那位朋友，她堅持老師道行很高，幾乎是無所不能，所以我也信了，也就敲了。」

「敲木箱、小紅包啊……」萬乘先生閉上眼，似乎在思考著什麼。「然後呢？妳敲木箱後，有發生什麼事嗎？」

「我就這樣敲，敲到十三個的時候，老師突然說，『停。』我停手，老師又說，『再敲，連敲三下。』我又繼續敲了三下，老師側著耳朵，似乎在聽什麼，忽然他笑了。」

「笑了？」萬乘眼睛瞇起，「那老師是不是說：『對了，就是它了。』？」

「對，萬乘先生，你怎麼知道？」我媽吃驚，「然後老師似乎很滿意，要我取下箱子上的小紅包，然後交給他。」

「嗯，小紅包是妳取下的。」萬乘先生眼神這瞬間變得凌厲，隨即又恢復本來平和的模樣。

「是啊，後來我就去客廳休息，那裡我先生正在等我，之後，老師便拿了三根蠟燭給我……」

「三根蠟燭！」萬乘先生眉毛揚起。「確定是三根蠟燭？」

「是的，而且老師指示我，回到家裡，在子時點起蠟燭，要點到寅時，連點六個小時不可滅掉。」

「連六個小時？」

「對啊，我想說什麼蠟燭怎麼可以連點六個小時？但奇怪的是，這三根蠟燭不知道是什麼材質，還眞的燒足了整整六個小時。」

「嗯。那三根蠟燭除了可以燒很久，還有什麼特異之處嗎？」

「倒也沒有。」我媽搖頭。「原本擔心蠟燭會飄散什麼不好的氣味，幸好並沒有，可以說完全沒有味道，當時我猜老師的蠟燭只是一種精油，透過精油舒緩我身心，所以容易受孕。」

「那這六個小時裡面，有發生什麼事嗎？」

「沒有……咦？仔細一想……」

「怎麼？」

「仔細想想，最後一個小時有點不同，當時我已經上床睡覺，忽然聽到有些聲響。」

「聲響？什麼聲響？」

「是貓狗的叫聲，我起床往窗外看去，頓時嚇了一跳，因爲我家周圍聚集了好多貓狗，牠們用奇怪的聲音叫著，讓我覺得不太舒服，於是我去觀察蠟燭，才發現……」我媽說，「蠟燭火焰變得好弱！」

「嗯。」

「明明沒有風，但火焰卻像是要被吹熄，我立刻伸手去護住火焰，有趣的是，火焰竟自己朝我的手心靠來，我不覺得燙，反而覺得火焰像是在對我撒嬌，就這樣我就護了它整整一個小時，直到晚上三點寅時結束。」

「凌晨三點？妳護著蠟燭到了寅時，平安過了這一關啊。」萬乘先生露出微笑。「妳也很努力呢。」

「啊沒有啦，」我媽被稱讚得有些害羞，急忙問。「那萬乘先生，我接下來該怎麼辦？」

「我知道『老師』的方法了。」萬乘先生閉上眼，「給我七天，我們必須用相同的方法對付他。」

「相同的方法？」

「對，就是三根蠟燭，又或者該稱它本來的名字……」萬乘先生面容嚴肅，一字一字慢慢的說著，「那是古老的祕密鬼術，三把火。」

三把火。

萬乘先生答應幫忙後，整整七天才出現，出現時的樣子讓我媽嚇了一跳，他有著滿臉的鬍渣、凌亂的頭髮，衣服也是又破又舊，但雙眼卻是明亮的，似乎如願得到了他要的東西。

「阿生即將出世，」萬乘先生吐出一口氣。「總算趕上，我拿到了這東西。」

「啊！」我媽看見萬乘先生的東西，忍不住吃了一驚，因爲這東西似曾相識。「也是蠟燭？」

「是，因爲必須對應老師的祕法，『三把火』鬼術。」

「三把火？」我媽不解。

「妳應該聽過民間常說的『人有三把火，切莫拍熄之』，這三把火位在頭部以及兩邊肩膀上，火越旺，人的精氣神就越好。」

「是的，我有聽過。」

「但三把火的典故，其實比我們想的更久遠，它最早被記錄在漢朝的方士祕書之中，這類書籍內容光怪陸離匪夷所思，千年來只在密宗或是修行的人之間流傳，其中寫到，秦始皇時代就有三把火之術，而且其眞正作用，更與我們想像的完全不同。」

「秦始皇時代就有？其作用與我們想像的截然不同？」我媽只聽得一陣呆愣。

「所謂三把火之術，是秦始皇的長生不死術之一。」

「長生不死？」我媽聽到這兒，忍不住露出古怪表情，都什麼年代了。

「對現代而言，長生不死確實是虛妄的說法，但在秦代可不這麼想……」萬乘先生說，「就因爲秦始皇可是傾全國之力收集『長生不死』之法，千年前科學並不如現今昌明，所以反而留下了許多荒誕但可怕的荒野祕法。」

「但，如果長生不死是有效的，秦始皇爲何還是死了？」

「就我所知，這些古老方法中，確實有些方法可以借陽壽，像是秦始皇也曾大量收集幼童，來增進自己的壽命。」萬乘先生說，「但秦始皇最後失敗的原因，應該是其中有幾個正義的方士，他們怕秦始皇眞的成功，從此禍害千年，從中做了手腳，破了秦始皇的道法……」

「這……這好玄。」我媽聽得是目瞪口呆，要不是自己眞的求子成功，臨盆之前又夜夜惡夢，她會覺得這位萬乘先生，只是一個滿口胡謅的江湖術士。

「這是千年之事，我也難以細說，但這三把火之術，應該就是秦始皇長生不死祕術中的一項。」萬乘先生說，「老師這人，竟然把它給重現了。」

「為什麼？為什麼他要做這件事？」

「他的目的，自然就和秦始皇相同。」萬乘先生嘆氣。「他想要長生不死！」

「長生不死，和我小孩阿生有什麼關係？」

「老師助妳懷孕並非好意，他只是要借妳的肚子懷上嬰兒，然後再取走嬰兒陽壽。」

「啊！取走陽壽！」我媽只覺得渾身發麻，「真的嗎？」

難怪每天晚上她都會夢見老師，老師會取出胎兒，像是看一頓美味饗宴般左右打量，等待著這胎兒的成熟。

原來，他一開始就要把嬰胎當作美食，要取出其中的陽壽。

「老師這一個人天資異於常人，能窺看天文地鬼之術，這些術法包羅萬象，古老中國和神祕西洋都有，越是沉溺其中，就越無法自拔，就越想要無窮生命來探究之。」萬乘先生說，「於是，他開始追求無盡生命。」

「萬乘先生，您，您好像對老師蠻瞭解的……」

「當然，因為這已經不是我們第一次交手了。」萬乘先生苦笑。「他的天資比我高，能力也比我強，更是比我太貪心，唉，那場歐洲古老小鎮的詭異之旅……」

萬乘先生說到這，似乎陷入了深沉的回憶漩渦中，發起呆來。

「萬乘先生，萬乘先生……」還是我媽喊了幾次，才將萬乘先生給喚回現實。

「啊，抱歉，我恍了神。」萬乘先生說，「妳就專心待產，接下來就交給我吧。」

「嗯。」

「記得戴上那條金鍊子，」萬乘先生說，「它是大廟婆婆的禮物，可以保妳元神，同時間，我會以我的道法，全力守護妳和阿生，擊退老師的！」

臨盆前夕，不知道是萬乘先生眞的出手，還是我媽因爲心裡有了依靠，她雖然仍會做夢，但夢境已經不似之前那麼可怕了。

夢中，她仍躺在一張床上，而那有著老師臉龐的黑影，在她身邊站著，但這一次卻沒有將手伸入她的肚中取出仍在蠕動的嬰胎。

老師只是看著。

但雖然老師什麼動作都沒有做，夢中的我媽仍感到不安。

因爲老師的眼神，似乎在笑。

「不愧是這麼長歲月以來，我所認可的人。」老師眼神在笑。「那就來試試看，你有多少能耐吧，萬乘老友。」

故事聽到這，泰叔面前杯子裡的咖啡，已經空了。

他聽得是口乾舌燥、心跳加速。

「七天後就要臨盆了，有發生什麼事嗎？」

「那一天晚上子時整，開始了……」阿生深吸了一口氣。「分娩的陣痛，開始了。」

非常準時的，當時鐘時針碰到了11，古老中國十二地支的最初始「子時」一到，我媽的肚子，傳出了第一陣劇痛。

要來了。

慌亂中，我爸拿起事前就準備好的生產用品，攙扶著我媽，發動汽車，朝著醫院而去。

而按照我媽所說，萬乘先生也在同時，在自家中擺出一陣，他面朝月光，周圍擺放著不同法器。

這些法器，有的是古老木魚，有的是磨損的佛珠，有的是一座小型的老銅鐘，還有古老的各朝銅錢。

這些法器多是在大廟加持過，本身經過千萬信徒洗鍊，都是靈氣飽滿，鬼魂不近的名物，但萬乘先生卻比誰都清楚……

這場與「老師」的鬥法，這些法器只是其次，因爲老師的道法太高，他自然知道如何迴避這些法器，眞正決勝點，是在萬乘面前的這三根蠟燭。

三根，正在緩緩燃燒的蠟燭。

這三根蠟燭，就是三把火鬼術的反制之術。

而萬乘先生花了足足七天，更在大廟婆婆的幫忙下，才製作而出的三根蠟燭。

以蜂蠟爲主，混入百年香灰和檀木製成，而棉繩更是以胎兒初生第一日沾血棉布搓製而成。

以此特製之蠟燭，是爲點燃時能連上陰陽之界。

這險惡晦暗的陰陽之界，將會是與老師爭奪胎兒陽壽的激戰之地。

萬乘先生閉目而待。

此三根蠟燭代表嬰兒的生命三火，若此火不滅，胎兒的命得以保住；若此火熄去，就是功虧一簣，老師奪陽壽得逞之時。

而同時間，我媽已到醫院，陣痛來得越來越急，醫生稍做診斷之後，閃過罕見的不安神情，要護士立刻將孕婦推入了手術室。

每次陣痛，萬乘都可以感覺到，蠟燭明亮火焰因而晃動。

晃動的頻率越來越急，表示陣痛越快。

時間，不斷過去。

我媽在手術房被安置妥當，她已經痛得從額頭冒汗，變爲綿密的咬牙低吼。

蠟燭抖動速度越來越快。

萬乘閉目而待，但他的雙手握拳，似乎也是蓄勢待發。

「胎盤降下，開四指，要來了。」醫生來到了孕婦的前方。

陣痛，仍在加劇。

三根蠟燭，不斷閃爍，此起彼落。

孕婦開始尖叫。

醫生吸了一口氣，伸出雙手，準備接住胎兒。

陰陽之門，在此時此刻，就要開啓。

從沉寂死亡的胎靈，到活潑大哭的生命之靈，那混沌渾濁之地，在此刻已經連通。

也就在此刻，萬乘先生眼睛陡然睜開，又大又圓。

因爲，他看見了。

蠟燭往內側猛然傾斜。

有什麼東西要吹熄蠟燭！

萬乘往下低頭，彷彿有團黑影，露出獰笑，正趴在地上，口中吐出陰風，吹著蠟燭之火。

火焰傾斜閃爍，時滅時燃。

醫院處，孕婦放聲大叫，醫生額頭滲汗，「媽媽再用一點力，寶寶沒有出來，卡住了，媽媽加油。」

護士們扶著我媽的肩膀，鼓勵透過掌心的力量傳達到孕婦體內，同時間，我媽發出撕裂喉嚨的叫聲，再次用力。

胎兒開始被往前推了。

萬乘見到蠟燭被吹得往後晃動，他一咬牙，張嘴咬破手指，並透過手指，朝著蠟燭輕吹一口。

奇妙的是，這一吹並未讓蠟燭減弱，火焰反而因此大盛，推回了黑影所吹的冰冷陰氣。

趴在地上的黑影咯咯冷笑，「一口陽氣，就是三年壽命，你覺得自己有多少本錢和我玩？萬乘老友。」

萬乘沒有說話，他額頭滲出冰汗，只是直瞪著蠟燭。

蠟燭火焰仍在抖動，表示陣痛仍在持續，胎兒……不，阿生還沒出生。

醫院，醫生雙手深入子宮，在媽媽的努力下，胎兒已經露出了半個身體，但醫生眼神卻沒有因為這樣而安心，因為他看見了那細長如繩的臍帶，竟然一圈圈緊繞在胎兒脆弱的脖子上。

「臍帶繞頸。」

臍帶是十個月以來胎兒來自母親的養分來源，但卻也是生產時最危險的致命殺手，一旦生產不順，讓臍帶繞上了胎兒脖子，羊水一洩盡，臍帶不再漂浮，伴隨強大的生產推力，臍帶會束緊胎兒脖子，胎兒會當場窒息而亡。

生與死，就在這一瞬。

陰與陽，就在此交界。

萬乘這裡，火焰被他一口陽氣給吹旺了，但趴伏在地面的黑影亡靈，再次張口，陰冷的氣息，從黑影口中噴出。

火焰噗的一聲，竟滅去一盞。

「拼了，一定得救下嬰兒。」萬乘再咬食指，鮮血盈滿指尖之際，他再次張口，又是一口炙熱陽氣從他口中噴出。

只見陽氣順著仍點亮的蠟燭火焰，往外橫伸，再次點燃了被熄去的那一盞火焰。

「又是三年陽壽，你下的本，可真重啊。」老師的聲音戲謔中帶著陰森。

「萬乘老友，你死得太早，我可就寂寞了啊。」

醫院，醫生快速且靈巧打開了胎兒脖子的臍帶，但胎兒沒有哭，臉色紫漲，雙手軟垂，他沒有哭。

醫生抬頭看見精疲力竭的媽媽，他知道媽媽求子之苦，是多少努力才走到這一刻，是多少的忍耐才能熬到現在，是多少決心才能不放棄！

「寶寶，加油。」醫生在胎兒耳畔輕聲卻又堅定的說著。「媽媽做得很好，接下來只能靠你自己了。」

醫生伸出大手，啪的一聲，打了胎兒屁股一下。

這是要喚醒胎兒的方法，胎兒誕生在世上就是要哭，一啼哭肺部就會啓動，他將證明自己不再只是靠著羊水而活的小肉團，而是開始靠著肺部與這世界交換氧氣，以自己力量存活的眞正人類。

萬乘這裡同樣是苦戰，趴在地上的黑影發出古怪的呻吟聲，呻吟聲響徹整個屋子，同時間四處惡靈像是被召喚般不斷湧來，湧入了黑影體內，黑影因此而越來越大，像是一個鼓漲的大氣球。

巨大的呻吟聲中，法器也有了反應，它們開始低頻震動，層層疊疊出有如梵音般的共鳴，共鳴在法器間相互交盪，架構出一道堅固防護網，將不少湧來的惡靈擊散而去。

只是，就算法器擊散了超過半數的惡靈，但眼前的黑影仍是越來越大，萬乘知道，這黑影大氣球若是將它所有的風都給吹出來，眼前這螢火般細小的蠟燭之火，恐怕瞬間熄滅。

萬乘知道，此戰已經到了最後關頭，蠟燭不再規律顫動，表示陣痛已停，胎兒應該已經脫離母體，但仍缺一口活命之氣，此氣尚未流轉，胎兒仍是老師的囊中之物。

老師應該也知道，胎兒脫離母體，少了母親子宮之壁保護，必須仰仗胎兒自己的生存意志，這是三火最脆弱之時。

雙方都很清楚，此刻陰陽激戰的最驚險一局，也將是最終回合。

於是，老師以鬼鳴之音，招來附近冤死之靈，聚成一口濃濁死氣，打算將三火一口氣滅熄。

而萬乘呢？他閉上眼，再次咬破了自己的指頭。

然後深深吸了一口氣，將飽滿陽氣聚集於胸肺之間，這是揉合他畢生道行修練與璀璨生命的精華。

黑影張開了嘴，冰冷死氣來了。

萬乘也張開了嘴，暖熱陽氣也來了。

兩大氣息在三根蠟燭間碰撞，攪動，破碎，又再重新聚集，而蠟燭呢？它們的火焰不斷扭動，時而衰弱，時而旺盛，若有蠟燭支撐不住而滅去，另一頭的蠟燭總是能橫來救援，將其點燃。

兩股氣互相僵持，彼此糾纏，同時間周圍的法器震動也越來越猛烈，凜然的正氣不斷灌注到戰局裡，試圖盡上一份心力。

而就在夜晚子時過去，寅時將盡之時……

遠處大廟，一名女子，滿頭白髮，雙手合十，輕聲低語。

「萬乘啊，你的努力終將有成啊。」

遠處醫院，一聲宏亮的嬰兒啼哭響徹了手術室，所有人同時發出歡呼。

「媽媽，沒事了，寶寶很努力，他撐過去了！他撐過去了！」

而場景回到萬乘的住所，他盤腿坐著，眼前的黑影已然消失，三根蠟燭，此刻正驕傲而明亮的閃爍著。

萬乘睜開眼，他露出精疲力竭但釋懷的微笑。

「九年陽壽，換此孩一命，值得啊。」萬乘淡淡的笑著，似乎在自言自語，又像是在叮嚀。「只是切莫忘記，首惡未誅，恩怨未解，今日你母親救你一命，未來之時，得換你保護母親了。」

就這樣，我阿生出世，老師被擊退，而萬乘先生也在短短三年後離開人世，我媽也在三十幾年後，應該是七年前吧，剛好是我生日那一天，過世了。

轉眼，三十九年過去，彷彿印證著當時萬乘先生的預言，首惡未誅，我阿生又開始做惡夢，綿綿不絕，鬼女不斷靠近，要吹熄我頭頂與肩膀之三火，於是我依循著母親當時留下的最後錦囊。

來到這裡，尋找萬乘先生的後人。

期望再一次，能擊退這一切罪惡之首，老師。

3. 大廟婆婆

泰叔聽完阿生說完這故事，時間已經超過了半小時，現場沉默著。

沉默了將近十秒，泰叔才開口。「所以，你希望我取代我叔公的位置，和首惡老師……鬥法？」

「……」阿生看著泰叔，眼眶下深深的黑眼圈，透露著他近月惡夢不斷的疲倦。「你不懂道術，對嗎？」

「是的，我不懂道術。」泰叔苦笑。「一年來我確實有遇過一些怪事，也都迎刃而解，但都不是靠我們自己的道法，大部分都是天網恢恢疏而不漏，壞人自食惡果。」

「那怎麼辦？」阿生把臉埋在雙手手掌之中，聲音顫抖著。「人逢九則凶，最凶之日便是這三十九歲之時，而離我生日之時，也只剩下十四天而已。」

「剩十四天……」

「我媽給了我紙條，要我再遇劫難時，便找萬乘後人。」阿生語帶絕望哭音，「但她沒說，如果萬乘先生的後人，完全沒有道術那該怎麼辦？」

「眞抱歉。」泰叔感到歉咎，但此刻就算他有心幫忙，完全不懂道術的他也只是送死而已。

阿生把臉埋在手中持續了數十秒，才用力吸了一口氣，起身，然後伸出右手，與泰叔握手。

「沒關係的，萬乘先生已經幫我家很多，沒有他，我連這三十九年的生命都沒有，我該知足了。」

「嗯。」泰叔知道阿生在硬撐，但他眞的愛莫能助，只能默默的與阿生握手，並祝禱他終能度過危機了。

只是泰叔不知道的是，當他回到家，另一個也曾參與這件事的人物，已經在家等著他。

然後，就會是泰叔抉擇的時候了。

「爸爸，你有訪客。」泰叔剛到家，女兒小嵐對他說。

「咦？誰？」泰叔放下公事包，看到客廳的沙發上正坐著一個女孩。

這女孩約莫高中年紀，剪著齊耳短髮，五官清秀，背脊挺直，散發著一種乾淨俐落的舒服氣質。

「請問妳是？我好像沒有見過妳……」

「你好，我叫做小杓，木杓的杓，我們確實沒見過面。」女孩看著泰叔，青澀漂亮的臉龐難掩緊張，但緊張中卻帶著一股天生的沉穩。「是我家婆婆要我來的。」

「咦？婆婆，我不認識什麼婆婆啊。」泰叔依然困惑。

「嗯，我婆婆也說，她本來應該親自拜訪，但她年事已高，所以希望你們能去一趟，所以找我來邀請你們。」小杓口齒清晰的說。

「可是，我眞的不認識什麼婆婆……」

「是，她說提出如此需求實在唐突，是因爲她熟識一位老友，而那位老友是你們先人。」

「老友？是誰呢？」泰叔訝異。

「是的，婆婆那一位朋友的名字，就叫做……」小杓說，「吳萬乘。」

當小杓離開，泰叔找齊全家人說起阿生的故事，在小叔公與老師兩人的鬥法中，驚險生下的嬰兒，以及三十九年後，當小嬰兒長大成人，卻再次被老師盯上。

阿生的三十九歲生日那天，似乎就是他壽命將盡的一日。

聽完阿生的故事，小嵐率先舉手。「原來，這就是小叔公麵攤那件事的始末？」

「我也是這樣覺得，」泰叔說，「當時小叔公下定決心幫忙那位孕婦，似乎折損了他九年陽壽，所以他三年後就離開人世了。」

「可是，爲什麼這一切沒有結束？三十九年前的因果，爲什麼又重新啓動？」泰叔的兒子小龍也發表了意見。

「這我也不知道，阿生只說，歲數逢九必凶，所以三十九會是一個關卡。」泰叔說。「這部分我也不懂，也許能夠解答的人……就剩那位大廟的婆婆了吧。」

「那，我們該去見那位婆婆嗎？」泰叔的老婆，樂姨問道。

這四個人，分別或共同經歷過怪異事件的一家人，彼此互望了一眼，最後，他們得到了相同的結論。

「去吧，我們就跟著小杓，一起去找大廟婆婆吧。」

第二天，泰叔和小杓取得了聯繫，請了一天假，去找大廟婆婆。

樂姨還要上班，小龍剛好有課，所以陪著泰叔一起去的是大學生小嵐。

他們兩人在小杓的帶領下，穿過了大廟外的廣場，繞過了信徒供奉的大廳，來到大廟的後側，大廟後側比想像中還大，有著數條交錯彎折的長廊，每條長廊側邊有著一間間的房間，乍看之下，頗有皇宮大院的模樣。

大院雖然複雜，但小杓似乎從小在這裡長大，所以熟門熟路，苗條纖細的背影快速俐落的在長廊間穿梭著。

爲了怕跟丟，泰叔和小嵐步伐加快，沿著長廊而行，身旁是一間間看起來一模一樣的房間。

「這大廟後面也太大了，房間怎麼這麼多啊？」小嵐忍不住問。

「我們這間大廟歷史已有三百年，經歷過戰亂與飢荒，一直都是這地的信仰中心，而這些房間救濟過善男信女，也曾經是反抗暴政的義勇軍歇息處，所以才會這麼大。」小杓一邊說，速度沒有絲毫減慢，又是一個右轉，彎到一條全新的長廊處。

「這大廟這麼厲害啊？」

「嗯，婆婆更是大廟中的元老，她雖然年事已高，但仍是廟中道學最高者，也是我的老師。」小杓語氣中透露出難掩的崇敬之意。

「婆婆……」泰叔忍不住問。「妳說婆婆年事已高，她究竟幾歲了？」

「婆婆她……啊，到了。」小杓腳步停住，就在一間看起來與周圍相同、極為普通的房間前。

「婆婆，打擾了。」小杓輕輕敲了兩下門，等到裡面傳來若有似無的嗯一聲之後，小杓推開了門。

而就在這內裝儉樸、燈光微暗的房間中，泰叔和小嵐明白了，婆婆所謂的年事已高，究竟是多麼的高了！

房間內，一位身穿藍衣的長者，坐在床沿，她滿頭白髮，腰桿仍然挺直，目光仍然明亮，但從她臉上與手上的深疊的皺紋來看，這婆婆，也許已經九十歲以上了……

「我剛剛聽到，你問我究竟幾歲了是嗎？」婆婆微微一笑，臉上的皺紋因爲笑容而牽動伸展，竟有一種老人獨有的可愛。「八年前，大廟幫我辦過一次百歲大壽。」

「八年前……等等，婆婆，您已經一百零八歲了！」小嵐雙手摀嘴。

「一百零八歲，還可以耳聰目明，婆婆您眞了不起！」泰叔同樣驚奇。

「不過是行將就木之人。」婆婆微笑。「因爲年紀太大，不便外出了，所以請兩位來一趟，兩位請坐。」

「沒關係的。」泰叔急忙揮手。「跑一趟對我們小輩而言，是應該的。」

「嗯，因爲時間不多，加上我年紀也大，也無法一口氣說太多話，就讓我直接表明邀請你們來的目的。」婆婆說。

「嗯。」

「因爲你們是萬乘的子孫，繼承了他的血脈，他留下的因果也只有你們可以終結。」婆婆說，「所以我要把一個東西交給你們。」

「什麼東西？」

婆婆看了一眼小杓，小杓點了點頭，走到房間內的櫃子，拉開抽屜，取出了一個油布包裹的物體，物體爲長形，約莫二十公分。

「這是？」泰叔和小嵐訝異的問。

只見小杓纖細的手指慢慢的撥開一層又一層的油布，露出了油布內的物體。

這物體共有三根，長形，主體爲透明的蠟，前端還有細細的棉繩蕊心。

竟然還是……蠟燭。

「又是蠟燭！」泰叔和小嵐互望一眼，他們同時想起了小叔公，那以三根蠟燭破去老師的奪命陣法，那正是阿生誕生的故事。

「對，是蠟燭。」婆婆的聲音傳來。「如果你們願意，這三根蠟燭有辦法救下阿生的性命，因爲，這就是和當年萬乘用相同的方法所製作的蠟燭。」

「謝謝婆婆給我們蠟燭，但我們一點道術都沒有，真的不知道該怎麼做……」泰叔誠懇的說。

「老師這人的道術很高，又專走陰陽偏門，一般人確實無法對抗他。」婆婆點頭。「我會將我所學告訴小杓，再由她來指導你們。」

「嗯。」泰叔轉頭看向小杓，這個高中少女，雖然神情依然青澀，但眼神堅定，應該是個可託付的對象。

「婆婆，我還是有一個問題。」小嵐舉起手。

「請說。」

「為什麼三十九年後，這件事又重新開始呢？」小嵐疑惑的說，「當年阿生都出生了，老師也沒順利奪取他的陽壽，為什麼三十九年後老師這壞蛋又會捲土重來？」

「不是三十九年，」婆婆慢慢的搖頭。「是七年。」

「啊，阿生是說逢九必凶，所以這時候特別危險，如果不是三十九，那七年是什麼意思？」

「逢九必凶？不對，是當年沒有結束的因果，又開始轉動了。」婆婆苦笑。

「就希望阿生切莫忘記，他出生的起源？名字又是從何而來啊？」

當泰叔再次見到阿生，才發現他變得更憔悴了。

深深的黑眼圈，無神的雙眼，消瘦的身形，這接連不斷的惡夢眞的讓阿生心力交瘁。

據說這期間他花了高額的金錢，找科學與宗教的各種方式介入，讓他不要再一閉上眼就做惡夢，但結果都是失敗。

夢境中，那全身濕答答的女鬼，不斷的靠近，冰冷的身軀在阿生的背部爬行，還不斷要吹熄阿生身上的火光。

每一次，當火光開始減弱，阿生就會驚醒。

疲倦至極的他再次閉上眼，場景又再次重複，又是潮濕的女鬼，冰冷的背脊，還有那快要熄滅的火焰。

然後，阿生再次驚醒。

於是，阿生一個夜晚睡睡醒醒高達十餘次，幾乎是沒有睡覺。

而讓阿生感到戰慄的不只如此，在這些不斷重複的夢境中，有件事正在改變，那就是女鬼對火光的距離，越來越近，而火焰也因爲這樣一次比一次虛弱……

當火焰熄滅會發生什麼事呢？

阿生不敢想。

但他卻隱約知道。

會死。

他會死在夢境中，和那個女鬼一起。

而當阿生絕望到要了斷自己生命時，他曾經乞求而不可得的人來了。

泰叔，吳萬乘的子嗣，被因果鎖鍊深深羈絆的男人終於來了。

「我們不保證眞的有效，因爲這一切對我們而言，實在太匪夷所思了。」泰叔說，而跟在他身邊還跟著三個人，是他的家人。「但我們會盡力而爲。」

「好！」阿生用沙啞的聲音奮力表達著，他見到最後一絲希望的喜悅。

「這是小杓，她是婆婆的代理人，」泰叔介紹到，「婆婆說，期限是你生日，也就是七天後……」

「七天……」阿生苦笑，他其實也隱約猜到，他的生日就是忌日之時。

這時，小杓說話了，「我們必須佈陣來抵擋老師的道術，在那之前請你找一個房間，這房間在你生日當天一整日都不受打擾，這個房間的方位必須坐北朝南，晴天必能照到日光，還有你要另外找三間房，剛好包圍住這房間，方位是正三角形……」

於是，小杓提出了許多條件，幸好，阿生家庭富裕，他很快就針對小杓的需求，找到一間飯店，並直接租下該飯店的一整個樓層。

阿生還交代飯店，這段期間，不准任何的服務生來打擾，而且對泰叔等人的需求，飯店必須百分之百配合。

小杓來到飯店，經過簡單的探勘，確定方位風水都沒有問題後，便開始進行任務的分配。「那一天到來時，阿生所在的房間被稱做『丹』，圍繞丹的三間房會是『精』、『氣』、『神』三房，而我需要除了泰叔以外的三人，來鎮守精氣神三房。」

「那我呢？」

「泰叔，你身負最重任務，你必須陪在阿生身邊，也就是鎮守『丹房』。」

小杓說。

小杓點頭，高中少女的她可感覺到些許緊張，但仍打起精神。「這一天，從子時開始，陽門會開啓，陰鬼就能進出陽門，這時就是阿生最危險的時候。」

「從子時開始，到什麼時候結束？」

「寅時，這三個時辰，陰陽互通，若是老師要奪取阿生壽命，也就是在三個時辰。」

「三個時辰，那是六小時啊……很長啊。」

「嗯，所以我們必須想辦法拖過這時間，」小杓說，「精氣神三房會設置蠟燭。」

「蠟燭？」

「是的，就是婆婆房間裡的蠟燭，這蠟燭以廟宇內的百年沉香所製，凝聚了百年信徒的信仰，具備一定道力，可用來阻擋老師派出的女鬼。」

「如何阻擋？」

小杓清秀的五官，此刻神情嚴肅，自有一番威嚴。「女鬼要吹熄阿生三火，三火一熄，阿生就死，剩餘陽壽就會被老師奪取，但在此陣之前，她非得先吹這三根蠟燭不可。」

「所以，女鬼會來我們房間吹蠟燭？」小嵐用手搓了搓自己的上臂，她感到毛骨聳然。

「嗯，沒錯。」

「如果我們在寅時之前沒擋住呢？」

「那女鬼就會到丹房，要靠泰叔了。」

「如果連我爸都沒辦法……」小嵐問。

「那……」小杓的目光，看向了泰叔，「那就只能靠最後一招了。」

「嗯？最後一招？」

「對，最後一招，那就得看阿生了。」

七天時間一點一滴逼近，而阿生在被安排睡入「丹房」之後，奇妙的是，惡夢的壓迫感就減低了。

雖然他依然會夢見那全身濕答答的女鬼，但這次女鬼只是爬上了阿生的背，嘴裡喃喃唸著某種聲音，恐怖感仍然強烈，但至少阿生不會被反覆嚇醒了。

阿生知道小杓的方法是對的，他媽過世時留下的紙條，確實是指引他逃過這劫難的關鍵。

轉眼間，這一天已到，眾人來到飯店，小杓說：「今晚子時，陰陽之門將會開啓，到時候，要請各位撐過。」

所有人看著小杓，點了點頭。

他們沒有說太多，因爲陰陽之事，原本就難以以邏輯臆度，唯一能做的，就是存善念、堅定相信，然後全力而爲。

而當傍晚的太陽完全西沉在城市的彼端，一輪下勾明月緩緩掛上天際，疲倦人們開始就寢之際，子時，這象徵陰陽之門開啓的地支之時，已然到來。

最開始感覺到異狀的，是位在第一間「精房」的小龍。

4. 女鬼

子時，也就是十一點，當牆上的掛鐘卡的一聲，秒針從五十九跳回零的瞬間，小龍頓時感覺到一陣古怪。

那是一種很難說明的感覺，就像房間裡的溫度被人突然調低了一度，或是燈光被人切黑了一格，整個房間，在子時之後，忽然變得深沉陰暗了起來。

小龍看著被擺在桌上的蠟燭。

明明沒有風，但蠟燭火光卻在微微晃動，似乎有什麼力量正在周圍騷動著。

小龍雙手圍著蠟燭，心裡默想著小杓和他說的……

「三個時辰內，陰陽門一開，鬼氣開始尋找阿生，到時候精氣神三房的蠟燭會阻擋他們。」

「那我要做什麼呢？」

「我會在你手心寫上大廟咒語，請你用雙手圍住蠟燭，子時一到，鬼氣會化成各種型態要吹熄你的蠟燭，但如果你的靈神夠堅定，手上的符咒就會保護蠟燭不被吹熄。」

「靈神夠堅定？就是不要睡著的意思？」小龍問。

「沒那麼簡單。」小杓搖頭。「鬼魂會找到你心中最畏懼之事。」

「最畏懼之事？」

小龍當時沒有聽明白，而小杓事實上也沒有說清楚，但小龍已然坐在此地，雙手捧著蠟燭，開始了這晚的第一場戰役。

子時到，陰門開，在城市中尋尋覓覓的惡鬼之氣，果然已經來到附近……第一個，就是小龍的精房。

小龍只覺得越來越冷，彷彿許多鬼魂在周圍走動，有的在怒吼、有的在笑、有的在咒罵。

「小龍，你別以爲自己是英雄……」「我知道你最害怕什麼，麻繩套在脖子上，對不對？」「是啊，當年茗潔那女孩，你很喜歡她對嗎？但，咯咯，但她死了啊。」「樹下兩兄弟變成惡鬼，就要回來找你了，帶著麻繩來找你了啊。」

小龍硬撐著，他可以感覺到自己的感受和蠟燭火焰緊緊連接著，當他一害怕，蠟燭的火焰就減弱，當他收斂了心神，蠟燭的火焰又往上升高一些。

這些鬼魂在小龍身邊不斷低語著，目的就是要小龍用手摀住耳朵，只要小龍的手離開了蠟燭，失去小龍雙手咒力保護的蠟燭，就會被群鬼吹熄。

於是小龍拼命忍著，周圍的鬼魂咒罵著小龍、譏笑著小龍、窺視著小龍內心攻擊著小龍，小龍都沒有放手……

但就在小龍以爲這晚可以憑著這樣撐到最後之時……他突然感覺到了，背後一陣惡寒。

有東西，爬上了小龍的背部！

冰冷，柔軟，像是一具濕淋淋的屍體，從他的腰部緩緩上爬，爬上了背部，然後停在小龍的脖子處。

小龍想大叫，但卻發現自己什麼都叫不出來，而就在此刻，他眼睛瞄向了房間的落地窗。

烏黑的落地窗，正反射著房間的所有景物。

小龍看到了，她。

長髮，身穿白衣，眼睛正在滲血。

正趴在小龍的背上，然後慘白雙手，環住了小龍的脖子。

她是女鬼。

她正在透過鏡子，和小龍對看。

當他們眼神一對上，小龍只覺得意識突然虛浮，然後他就這樣往後暈了過去，雙手鬆開了蠟燭，而火焰，也跟著啪的一聲熄滅了。

「精房的蠟燭滅了。」小杓起身，朝著精房而去。「時間是十二點三十分，不錯，撐了這麼久，不愧是吳萬乘先生的後人。」

「受鬼驚嚇而暈倒，極傷元神。」小杓走向精房，她將以她溫暖的手，以及掌心的咒語，輕柔按摩小龍的肩膀與額頭，重新將三火火焰燒旺。

這是她能做的，就是保護吳萬乘的後人。

「接下來是『氣房』了。」小杓低語著。「小嵐姐姐，得撐住啊。」

氣房內，是小嵐。

就在小龍應聲倒下，蠟燭滅去的同時，小嵐也感應到了。

她面前的蠟燭陡然縮了一下。

房間突然變冷，頭頂的燈莫名閃爍，小嵐見狀，急忙雙手護住蠟燭。

只見她手心咒文隱隱發出了暖色黃光，讓蠟燭火焰像是得到安心保護，頓時又回復了原本的高度與熱度。

但小嵐的鬆一口氣只有幾分鐘，因為她開始感覺到周圍鬼魂飄盪，不時竊竊私語，讓小嵐感到毛骨悚然。

同樣的，小嵐靠著自己的意志力與群鬼抗衡，而就在當她撐了不知道多久……忽然，她聽到耳後的鬼魂，傳來一陣對話。

「是她啊。」「對，就是她害死了那女孩的。」「那女孩死狀好慘啊。」「披頭散髮，從大腿到腳踝全部骨折，這樣的死法，好恐怖啊。」「讓她也嚐嚐這樣的死法，怎麼樣？」「對啊，咯咯咯咯，那就讓那女孩親自來處刑吧。」

就在同時間，小嵐聽到了一個聲音，扣！扣！扣！規則而穩定，像是人用細木頭輕敲地板的聲音，正不斷的朝著小嵐而來。

然後她忍不住慢慢的側過頭，用眼角餘光，由下往上看去聲音的方向。

紅色的高跟鞋。

而高跟鞋上，還有一雙皮膚腐爛、膝蓋彎折著奇怪角度的腳，然後小嵐用眼角餘光，繼續往上看去……

「啊啊！」小嵐放聲尖叫，但下一秒，小嵐卻以驚人意志撐住了，她沒有昏過去。

她不斷喘氣，雙手仍然護著蠟燭，蠟燭的火光微弱到幾乎看不見，但卻沒有滅掉。

只是下一瞬間……一張蒼白的臉，忽然從上而下，倒吊而來，就在小嵐的面前。

血紅的雙眼，長長的頭髮，蒼白到發冷的臉。

女鬼的臉，小嵐面前五公分處，雙眼瞪著小嵐。

終於，小嵐承受不住，放聲尖叫，同時雙手一鬆，鬆開了蠟燭的守護。

房間頓時一暗，蠟燭在這聲尖叫中，熄滅了。

「第二根蠟燭熄滅了，兩點了。距離寅時結束的五點，還剩下三小時。」小杓起身，朝著「氣房」而去。

「吳萬乘先生的後人，請你們務必要撐住啊！」

第三間房間「神房」，這裡是樂姨所在。

她同樣感覺到鬼氣森森湧入，她雙手護著蠟燭，讓手心的咒文發出暖暖光芒，支撐著蠟燭的火光。

在這一波又一波的鬼氣攻擊中，樂姨有如墜入冰窖之中，周圍是比剛才更暴力更凶猛的鬼氣，尖叫、咆哮，讓樂姨全身虛脫，幾乎要放開雙手。

但她同樣沒有放棄。

因爲樂姨曾經跨入鬼域，所以她鍛鍊出足以抵抗的意志，不知道多久，直到樂姨也聽到了耳邊的鬼語……

「又有小朋友在學校被虐死了。」「下一個是誰呢？」「這一切都是老師的責任啊。」「這女人是老師嗎？」「是啊，她是……」「要她負責吧！嘻嘻！對啊！讓老師負責吧……」

樂姨感到戰慄之際，一個全身衣著破爛、滿臉都是抓痕的六十幾歲老人突然出現，他伸出手，想要樂姨拉住他。

「救我……救我……」那人聲音沙啞，那是不知道哭喊多少次、把喉嚨喊到完全撕裂的喊聲。「樂姨，救我……」

樂姨當然知道他是誰！那鬧鬼的教室裡、永不停止折磨的罪人，樂姨幾乎要把手伸出去。

但到最後一刻，樂姨忍住了。

她知道這會是陷阱，這人最拿手的，就是陷阱。

但就在樂姨忍住的同時，那人突然張開口發出慘叫，慘叫聲音又瘋狂又尖銳，樂姨原本不知道他究竟在慘叫什麼……直到，她看見了這人嘴裡的東西。

那是一雙人類眼睛，血紅色，正直直的盯著樂姨看。

樂姨全身僵硬，而下一秒，那雙血紅眼睛的主人，就這樣從這人的嘴裡竄出，張牙舞爪，朝著樂姨猛撲而來。

而樂姨大叫一聲，手鬆開，蠟燭火焰，頓時熄了。

「神房也破。」小杓低語。「距離寅時結束，還有最後一個半小時。」

她快速起身，朝著樂姨所在的「神房」而去。

「泰叔，最後丹房有你鎮守。」小杓輕聲說著。「最後一刻若真的守不住，請別忘了那個問題啊……」

同時間，小杓已經來到昏迷的樂姨面前，她輕揉著樂姨的穴道，她得快點把樂姨弄醒，這種受到陰氣襲擊後的昏迷，是必須呵護處理的。

「丹房」內，有兩個男人，一個是阿生，他坐在床沿，閉著雙眼，全身顫抖著，另一個是泰叔，他手握著金鍊子，這條源自大廟婆婆的神器，正散發出祥和的光，保護著他們兩個。

房間，越來越冷。

鬼，越來越多。

泰叔的雙手同樣寫著咒文，並輔佐著金鍊子，不斷驅趕著湧來的鬼魂，時間正一分一秒的過去。

忽然，泰叔感到心臟一跳，他轉頭看去，阿生的背後，不知道何時已經出現了一隻白衣女鬼。

女鬼全身濕淋淋的，正趴在阿生的背上。

「阿生，撐住。」泰叔急忙拉住阿生的手，但這一拉，泰叔頓時被阿生手臂冰冷的溫度所驚嚇。

好冷！

這是人類的體溫嗎？

鏡中，那女鬼正慢慢的往上爬到阿生的肩膀處，而泰叔還看到了，阿生的左邊肩膀上，有著一盞微弱的火光。

不只左肩，阿生的右肩以及頭上，都各有一盞微弱火光，三盞火光正虛弱且無聲的在阿生身上燃燒著。

「阿生，不要放棄，我在這裡。」泰叔抓著阿生的手低聲喚著，同時間，他拼命抵抗著從阿生身上傳來的冰冷。

太冷了，阿生的身體太冷，冷到快要把泰叔的手臂凍僵了。

「泰……泰叔。」阿生嘴唇慘白，睜眼看著泰叔。「我……我有感覺到……女鬼……是不是來了？」

「嗯。」泰叔雙手抓著阿生的手，「我們剛剛已經撐過一個多小時，再十分鐘了就過寅時了。」

「泰叔，嗯，我……你的手很溫暖……」阿生苦笑，他雙眼空洞，眞如瀕死之人。「我……想閉上眼睛了……」

「別！別閉上！」泰叔急著說。「忍耐住，你的意志很重要啊！」

「泰叔……」

忽然，他身體一陣僵直，左肩的微弱火光，竟然被背後的女鬼給吹熄了。

「不！」泰叔咬著牙。

那女鬼吹熄了阿生左肩的火之後，緩緩轉頭，這次她慘白乾裂的嘴唇，對準的是右肩上那另一盞微弱的生命火光。

「泰叔，你知道嗎？我好想念我媽，她雖然對我嚴厲，但我知道她是對我好。」阿生眼神迷濛，去了三分之一的生命之火，他顯得更加虛弱了。「她過世七年了，我很想她。」

「阿生，剩一分鐘了，別放棄……」

女鬼再次一吹，阿生身體再次一僵，然後右邊肩膀上的火焰，悄然熄滅。

「阿生！」

這秒鐘，女鬼再次移動，這次的目標，已經是象徵阿生最後生命之火的頭頂了。

這火一滅，阿生的壽命將會全部被取走，這場陽壽爭奪戰，泰叔等人將會一敗塗地。

「如果去了另外一個世界，我可以再看看我母親，我想念她。」阿生閉著眼，他的呼吸已經微弱如遊絲。

而女鬼張開了嘴，那冰冷的惡鬼寒氣，就要吹向阿生的頭頂。

這時，泰叔深深吸了一口氣，他想起了小杓給的最後一個交代，那是這場戰役最後的機會了。

泰叔雙手抓住了阿生，一字一句，用力且清楚的說著：

「阿生，你還記得嗎？爲什麼你會被取名做阿生？」

爲什麼你會被取名做阿生？這句話，從泰叔的口中傳出，像是一種有形的水波，透過泰叔的雙手，經過手心的咒文，又傳遞到了阿生體內，最後傳到了背後的女鬼耳中。

然後，女鬼的動作停住，她血紅雙眼大睜著，歪著頭，似乎在聽。

爲什麼你會被取名做阿生？

「我媽說，」阿生搖晃身軀，失去兩盞火焰的他，身體虛弱如一張薄紙，但他仍開口回答，畢竟這是他從小到大，母親反覆和他說的一件事。「因爲生來不易，要知珍惜，所以取名做阿生。」

因爲生來不易，要知珍惜，所以取名做阿生。

因爲生來不易，要知珍惜……

同時間，女鬼突然張開了嘴，開始放聲大叫。

聲音乾啞而悲傷，然後接連不斷的叫聲中，女鬼血紅的雙眼，竟然湧出了兩條淚水，淚水殷紅，有如鮮血。

也在這瞬間，阿生像是感受到什麼，轉過頭，對他所看不到的空氣，拼命張手想抱住什麼……

「是妳！是妳嗎？」阿生也跟著大哭，「媽媽！」

媽媽！

女鬼伸手，對著阿生就要抱去。

人與鬼，陰與陽，小孩與母親，阿生與媽媽，闊別七年的孺慕之情，正亟欲碰觸彼此。

但，就在同時，女鬼背後突然出現一個黑色漩渦，漩渦中滿是人的手，蒼老的，強壯的，幼童的，女子的，全部抓住了女鬼，然後把女鬼往後拖去。

「啊！！」女鬼無法抵抗的被往後扯去，她發出悲傷的哭聲，只能拼命的把手前伸，最後，她的指尖就這樣滑過了阿生的臉。

如母親對小嬰兒般溫柔的撫摸，頓時讓阿生左右肩膀的生命之火同時亮起，看見阿生三把火都復原，女鬼臉上露出了微笑。

「阿生啊……要好好的喔。」

於是，她留下一抹慈母微笑後，被拖回無盡黑暗之中了。

當女鬼消失，這空蕩的房間中，只剩下阿生與泰叔，還有時鐘剛好走到凌晨五點時，那分針「噠」的一聲低響！

寅時已過，阿生安全了。

「結束了。」泰叔坐回床邊，用力喘氣。「到寅時了，你的三把火沒有被吹熄，你餘下的生命沒有被老師奪去。」

「可是，可是我媽……」阿生滿臉淚痕，「她怎麼會是我媽，這麼多的日子，這麼多的夢，我都沒有和她說一句話，一句話都沒有說，爲什麼我媽會變成這樣……」

「你想知道爲什麼嗎？」就在這時候，一個低沉的男子聲音傳來。

泰叔和阿生同時抬頭，一個男子，竟然推門而入。

這中年男子身穿黑色長衣，年紀讓人無法分辨究竟是四十歲，還是七十歲，又或全部都不是？不只如此，他全身更散發著一股極度迷人又令人恐懼的黑色氣質。

他眼中帶著深沉的怒意，看著泰叔。

泰叔只覺得自己竟然全身發抖，竟像是被蛇盯上的青蛙，身體僵硬，完全無法動彈。

這男人冷冷瞪著泰叔數秒，說了一句：「好一個吳萬乘的後人，三十年後，又來壞我的事。」

「壞你的事……啊，你是老師！」泰叔突然懂了。「你就是老師！」

「你就是老師！」阿生突然大叫，朝老師衝去。「把我媽媽還給我！還給我！」

「對。」老師冷笑，手一揮，阿生竟然莫名跌倒，「要救你媽媽，就來找我吧，阿生，我等你。」

說完，老師推門而走。

而當老師一走，充斥房間的巨大壓力頓時消失，泰叔鬆了一口氣，只剩下阿生仍在低聲啜泣。

「我的媽媽，化成女鬼，被老師抓住了嗎？」

「放心，接下來，我們和小杓一起去找大廟婆婆，」泰叔安慰著阿生。「她一定有辦法的。」

「可以嗎？」阿生顫抖著。

「可以。」泰叔眼睛瞇起，剛剛老師眞身出現，也許可怕，但泰叔也同時發現……這看似青春永駐的老師，他的左右手竟然有著極大不同。

他的其中一隻手，皺紋密佈縱橫，有如枯乾屍體。

「眞的可以？」

「嗯。」泰叔雖然仍在顫抖，但他眼中卻多了一絲信心。「因爲老師這次沒有取得你的陽壽，也許，他也快到極限了，而這牽連百年的因果，可能眞的有機會結束了。」

也許，老師眞的到極限了……

第二篇

換火

尾巴 Misa

額頭、右邊肩膀、左邊肩膀。

根據傳說，這三個地方分別有著火光，稱爲明火，代表此人的神、精、氣，能保佑人不會受到邪氣干擾。

而這明火在你身體欠佳、位處陰氣旺盛之處、時運不好時，都有可能會減弱火光，就像人的運勢一樣，總有潮起潮落。

我們必須要確保自己這三把明火不因外在因素被破壞，例如被人拍肩、單側回頭、或是在運氣不好時刻意去不祥之地，那大家就能夠平平安安了。

「你相信這種說法嗎？」多美雙手撐在下巴，耳朵上的紅寶石耳環閃閃發亮著。

「當然不信，都二〇二二年了，我只有幼兒園在爸媽嚇唬我的時候才聽過。」邵情翻了白眼，攪拌著醬料盤中的沙茶醬。

「我也覺得，如果動不動那個火就會滅掉，那我搭雲霄飛車不就一次全滅？」多美聳肩。

「還有，身體不好就會滅掉，那之前我上吐下瀉住院兩天不就也全滅？」

「是呀！早就滅光光了吧！」

「不過妳怎麼會忽然想起這麼老派的習俗？」邵情問，畢竟鐵齒的多美很少會聊起習俗傳說的話題。

「我不是說最近醫院來了一個很受歡迎的爺爺嗎？每天都會和不同的爺爺奶奶聊天。」

「喔～有印象，怎麼了嗎？」

「上次我送晚餐進去的時候，見到爺爺的幾個孫子來看他，他們好像沒發現我進去了，在討論什麼三把火的儀式，以及動作要快點之類。」多美看著小火鍋下的酒精燭光，燈光倒映在她的眼珠之中。「然後他們發現我在，就停止討論了。」

「大家族通常比較遵循傳統且迷信，不過會討論到三把火也眞是奇怪呢。」邵情夾起煮爛的白菜放入碗中，沾醬後大口咬下，「而且我很好奇喔，假設火眞的滅了，那是不是就永遠滅了？不會再起了呢？」

「是呀，我也覺得奇怪。」多美看著酒精燭火熄滅掉，皺起了眉頭，「我雞蛋還沒有煮呢。」

「您好，需要幫您點火嗎？」一位經過的服務生聽見多美的抱怨，親切的彎腰詢問。

「要，麻煩你了，謝謝。」多美道謝，服務生微笑後回到準備區拿了新的酒精過來，並夾起了小火鍋後放入。

喀嚓一聲，口袋拿出的點火槍在蠟燭上燃起燭光，鍋子重新放上後再度煮沸，多美開心的將雞蛋敲裂，俐落的左右剝開，晶透的蛋黃就這樣鋪在菜上。

「點火啊……」邵情看著那火光，小聲說著。

「什麼？」多美攪拌著雞蛋。

「不知道三把火如果滅了以後，會不會有人可以幫忙點火，要是能這樣的話，滅了幾次都不會怕啦。」

「哈哈哈哈，這說法不錯唷，我很喜歡。」多美笑著，還對邵情豎起拇指。

「對了，妳最近還好吧？」

邵情知道多美在問什麼，她正在談一場苦戀。

喜歡好久的男生，無法放棄的男生，最近就快要結婚了。

「沒辦法，我只能……」邵情苦笑。

「邵情呀，天下又不是只有他一個男人，妳一定會遇到更好的！」

邵情聽了，也只是微微一笑。

多美不會懂的，那男人她從學生時代就愛到現在了，一直用朋友的身分待在他旁邊，直到前陣子，她才終於對男人告白。

但男人果斷拒絕，說了只想和她當一輩子的朋友，甚至還順便告訴她要結婚的消息。

邵情沒辦法放棄，但卻又不知道該怎麼辦。

「這一切，眞的好痛苦。」

「不要這樣，不管怎樣，我都會待在妳身邊的。」多美抓住邵情的手，對著她溫暖的微笑著。

「嗯。」

但那卻是邵情最後一次見到多美笑著的模樣。幾天後，多美成爲了一具冰冷的屍體。

多美的死訊來得突然，令他們那群朋友們措手不及。多美的父母從小就遭逢意外，她由育幼院扶養長大，成年後再接管了父母留給她的信託基金，以經濟上來說，生活並不困苦，就是寂寞了點。

所以多美在拿到信託基金後，買了一個紅寶石的耳環當作是父母送給自己的成年禮物紀念，之後便時常戴著那對耳環。

出社會以後，他們這群朋友便鮮少有機會可以一起行動，好不容易大家終於喬到一個時間可以一起出遊，假請好、行程也排好了，多美卻發生意外離開了。

除了這群朋友，多美沒有其他可以依靠的親戚。所以房東也只能請他們來整理多美的遺物，於是朋友們趁著假日前來，將多美的東西以她的名義捐出去，而有紀念價值的則各自認領帶回。

「多美到底是發生什麼意外？」短髮的貝琪一邊整理著多美的衣服，一邊問著大家。

「似乎是回家的路上心臟衰竭，倒在路邊被人發現送醫，但來不及……」說到這，邵情也忍不住哽咽。

「有聽多美說過她心臟有問題嗎？」楊俊封箱並寫上要捐贈的機構名字，搬到一旁分類。

「沒有，她一直都很健康，目前調查正走向是否過勞狀況，但她排班也都正常，也沒聽說過她加班……唉。」邵情嘆氣，將她最後的衣服收到袋子裡後用繩子綁起，寫上「回收」兩字。

「只能說人生無常，感覺好不真實。」貝琪走向多美的書桌，「她的筆電我們該怎麼辦？」

「直接拿去回收？」邵情問。

「不行啦，要是裡面有什麼重要的資料怎麼辦？」楊俊按下開機，「必須把筆電格式化以後再回收才行。」

「這麼說也是。」

隨著筆電開機音效，畫面卻停在輸入密碼區，幾個人面面相覷，「誰知道多美的密碼？」

「試試看生日？」

楊俊的手快速打下多美的生日，無論西元還是民國的數字皆試過，但並不是。

「密碼提示寫醫院耶，這是什麼意思？」邵情問。

「不知道，醫院的員工號碼？」貝琪說，拿起多美的員工證後輸入，但一樣失敗。

接著他們又隨便輸入了一些，但無功而返，最後決定由楊俊將筆電帶回，而邵情和貝琪分別帶走多美的文書資料，回去篩選看是回收或是留下。

因爲多美一直有在寫日記的習慣，雖然不是每天，但寫得也還算勤快。雖然一開始想著這是多美的隱私，但想來要是多美有什麼遺憾，也只能從日記中找到，或許還能夠幫多美實現來不及實現的願望，這也是他們這群朋友唯一能爲多美做的事情了。

夜晚，邵情打開多美的日記，娟秀的字跡映入眼簾，內容大多是大學的多美對未來的期許、學校發生的事情，以及和朋友們愉快的回憶。

記載著許多他們早已遺忘的青春，邵情將屬於他們特別回憶的內容拍下來，上傳到共同雲端後，將這些日記本放到了「銷毀」的區塊。

「我看完了，多美好像沒什麼尚未實現的遺憾。」

「是啊，她都走在自己規劃好的路線，眞羨慕。」

貝琪和楊俊在群組裡面說著。

「我剩下一本，看完後跟你們說。」

邵情回應完畢後翻開了最後一本，這是最近期的日記，內容不外乎是醫院同事的相處、病人的狀況，以及一些心情日記，基本上看下來也沒什麼特別的。

就在日記的日期越來越接近現在時，邵情忽然覺得十分感傷。

這日記後面還剩下一大半空白，誰料想得到再也沒有寫完的一天呢？

沒想到我對爺爺離開的這件事情會這麼難過。

或許是之後我們有很多時間可以聊天，他讓我想起了育幼院的院長。

原本以爲對方是兒孫滿堂的幸福家庭，但沒想到是我誤會了。

那天因緣際會單獨和爺爺聊了幾句，才知道兒孫滿堂也是一大煩惱來源，我原先以爲是財產問題，但爺爺說是更複雜的一種，關於他們家族的「傳統」。

他似乎提到了傳宗接代，因爲他說香火不能斷，但每次來探望他的都是不同的孫子，我想應該是沒什麼問題才是呀。

難道是孫子們都沒娶老婆，所以讓爺爺很頭痛嗎？

爺爺說他很喜歡我，希望我有空去他家坐坐，感覺起來是想介紹孫子給我。

但我沒多和爺爺聊太久，他的親戚就來了。

幾天後，爺爺出院了，明明出院的時候精神還不錯，結果就接到了噩耗，爺爺離開了。

醫院的病友們聽到這消息也很難過，聽說還有幾位有前去上香。

我想起爺爺的溫暖與微笑，希望我也能去見見他……

雖然說不能和病患有過多的接觸，也別把每個病患離去都往心裡放，否則辛苦的會是自己。

只是……如果可以的話，希望能親自去跟爺爺上香打聲招呼。

不知道我貿然前往，他們會不會覺得我沒有禮貌呢？

邵情瞪大眼睛，這是多美的最後一篇日記，她立刻將這一面用手機拍下，並傳送到群組給其他兩人。

「我找到多美的遺憾了！」

終於找到多美想實現願望的這一點，令他們三個感到相當振奮，所以打了電話去醫院告知這件事情。

但基於個資法，醫院無法提供對方的資訊。可基於多美是他們同事的情誼，他們願意聯繫對方，並由對方決定是否與邵情等人聯絡。

於是幾天過去了，當邵情在上班的時候，接到了一通未知電話。

「您好，我是吳起，接到了醫院的通知，非常感謝林多美護理師當時對我爺爺的照顧，很遺憾聽到她仙逝的消息。」

對方的聲音聽起來似乎和邵情差不多歲數，談吐得宜且溫柔。

「哪裡哪裡，也請您節哀，多美在日記中提及您爺爺常與她聊天，所以我們想代替多美，去與您爺爺上個香。」

「她的日記還有寫些什麼嗎？」

「您的意思是……」

「如同您所說，我爺爺生前很喜歡和多美小姐聊天，所以我想知道多美是否知曉，我爺爺有沒有提過尚未實現的願望之類。」

邵情對於孝順的吳起產生了親近感，這樣的想法與他們不謀而合。想來身為孫子能對爺爺的事情如此上心，甚至打了電話過來，只爲了完成曾經萍水相逢的護理師遺願。這位吳起是不可多得的好男人呢。

「她只提到你爺爺很擔心孫子還沒娶老婆。」於是邵情如此回應。

電話那頭沉默了一會兒，連呼吸聲都聽不太到，邵情看了一下手機螢幕，確認是否還在通話中。

「抱歉，這眞的是太慚愧，我們幾個孫子到適婚年齡卻都沒有結婚，讓爺爺離世前還在擔心我們。」吳起在電話那頭有些不好意思，「沒想到他擔心到還跟多美小姐抱怨了呀。」

「哈哈，多美還說，感覺你爺爺想介紹她呢。」

「哈哈。」吳起也輕聲笑了，「那你們一定要過來把這些事情告訴我爺爺了，希望他們兩個在另一個世界也能常常聊天。」

「一定。」

「對了，你們有幾位朋友呢？」

「加上我總共三位。」

「那……都是女生嗎？」

「兩女一男，請問這樣方便嗎？」怎麼會問性別呢？

「不，抱歉這樣詢問，我們家族比較保守一點，這樣我們才會知道該準備幾間客房。」

「啊，不用這樣麻煩您，我們當天來回就可以了。」

「我們家在深山裡，交通不是太方便，加上你們遠道而來，就讓我們好好招待吧。」他說出了自家地址，讓邵情十分驚訝。

畢竟住在這麼遠的地方，怎麼會送到多美所在的醫院，這距離簡直南轅北轍。

「那我們就到時候見了。」和吳起討論完畢後，邵情則立刻把剛才的訊息告訴貝琪他們兩人，大夥兒們立刻請好了假，在約定的時間開著楊俊的車前往。

爺爺的家果然在很深的山中，連導航都找不到路，越往上收訊越不好，貝琪質疑邵情是不是聽錯地址，要是在深山迷路那可不是開玩笑的。

「不會啦，吳起先生說會在岔路等我們，再往上一點應該就到了。」說實話邵情也有些不確定，但此刻也只能這麼說。

忽然天空暗了下來，響起了悶雷。

「不會吧，這時候下雨，好像什麼恐怖故事呀！」貝琪怪叫著，楊俊則要她閉嘴。

「我看到了！在那裡！」終於在前方的轉角看見一台黑色的轎車停在那，駕駛座發現他們後，也搖下車窗揮手。

「您是吳先生嗎？」邵情從副駕駛座搖下車窗詢問，與此同時，天空落下了斗大的雨滴，瞬間變成傾盆大雨。

「是的，麻煩您們就跟著我的車吧！」吳起大喊著回答，立刻關起了車窗打了右邊方向燈，跟著他一路又往山裡去。

車子已經遠離人工舖設的水泥道路，路面上飛砂黃土，配合著雨水已然變成黃泥，濕滑難行，一旁也沒有道路圍欄，看起來有些危險。而周邊的樹林茂密，隨風雨擺動，像是颱風天一樣。

「這要是沒有來接我們，我們根本到不了啊。」楊俊挑眉，「他們該不會是殺人犯吧？現在這一切很像美國殺人電影耶。」

「你想太多了，我有打回去醫院確認過，吳起先生的確是爺爺的孫子。」邵情翻了白眼。

車子又行駛了一陣子，彷彿柳暗花明一般，經過了一條長長的綠色隧道後，一間美麗的中國古老建築就在眼前，而大雨已然停歇，湛藍的天空甚至飛過幾隻鳥，樹葉隨風的沙沙聲音，仔細看，連地板都是乾的。

吳起的車已經停在前方空地，一個高䠷的男人下來，朝他們車子走來，「抱歉，剛才雨下得太大，沒有即時和你們打招呼。」

「不會，這邊都可以停嗎？」

「當然，請隨意。」吳起微笑，與車內的三人都點了個頭，接著退了一步。

「那個吳起也太帥了吧。」貝琪眼睛發亮的說。

「嗯，眞的蠻不錯的呢。」

「這是什麼評論食品的讚揚方式？」楊俊笑著。

三個人準備好了後就下車，吳起則立刻上前一一與他們握手，「再次自我介紹一次，我叫吳起，謝謝你們遠道而來，也請你們節哀。」

「哪裡，您太客氣，我們才是這樣貿然拜訪。」由楊俊代表與吳起握手，對方輕輕一笑。

同時間，邵情也多看了一眼吳起的車子，是台非常復古的老爺車，她曾經在電視上看見介紹。邵情猜測，吳起應該是開爸爸的車吧！

但也是這一瞥，讓她發現吳起的車鑰匙還插在上面。

「那個……」

天空忽然又滴下偌大雨滴，吳起抬頭看了眼，立刻邀請他們三個快進入大宅子中。

當他們走進了大門後，才發現這是三進二院，先經過外院後來到二門，有一片偌大的空間，像是古裝劇會看見的有錢人宅邸。

「這也太壯觀了吧，我們家鄉下的三合院都沒這麼大。」貝琪在邵情的耳邊碎嘴。

吳起一路領著他們來到正廳，這裡放有吳家爺爺的遺照以及供桌。

奇怪的是，這裡沒有其他人，在如此寬廣的家中，竟也沒半點他人聲響。

「來，就麻煩您們了。」吳起點了三炷香分別給他們，並往後退了一小步，讓他們與吳家爺爺打招呼。

邵情在內心把想說的話和來意都說過一遍，最後希望爺爺和多美在另一個世界也可以互相照應，好好相處。

將香插上香爐後，邵情看了一下相片中的爺爺。灰白的頭髮與輕笑的嘴角，不知爲什麼看起來有點奇怪。

「那既然這樣，我們就不打擾你們太久，先離開了。」楊俊對吳起行禮。

「就在這邊過夜吧，我們房間都準備好了。」吳起客氣回應。

「沒關係，天還亮著，天氣也很好，我們就……」話都沒說完，外頭頓時雷聲大作，並且下起了大雨。

那雨比剛才的還要大，簡直像是暴風雨等級，庭院的樹被吹得東倒西歪，天也瞬間暗了下來。

「哇！這是怎麼回事？」貝琪看著驟變的天氣，覺得十分誇張。

「不要說是下山了……連走到車子那邊都是困難。」楊俊也看著皺眉。

「這有傘都沒辦法抵擋……」邵情咬著下唇。

「就別客氣了，讓我們招待你們吧。」而吳起揚起笑容，手朝後方比去。

「我們房間都準備好了。」

三個人面面相覷後，決定點頭同意，能在這充滿世外桃源風光的地方過夜，也是挺難得的體驗。

雖然，好像有一點奇怪就是了。

「請問，我們是不是來得不是時候？」貝琪看向吳起。

「爲什麼會這麼說呢？」吳起問。

「因爲這麼大的宅邸都沒有其他人，想說你們是不是今天有什麼重要事情，我們還耽擱你今日陪我們。」楊俊禮貌的說著。

「啊，沒這回事，抱歉讓你們誤會了。」吳起笑著，「其實這宅子平常也就只有爺爺和奶奶，以及一些管家和親戚居住。這次也是因爲爺爺離開了，我們大家才會回來，那因爲正殿這爺爺待著，所有人目前都在後頭的屋子。」

「原來是這樣啊。」

「走吧，我帶你們到後頭去。」吳起說完，便從一旁的走道走去。

這一路上的風景都像是電視劇才會看見的景致，甚至還能看見院裡間種植的桃樹。

「想不到臺灣還有這樣古色古香的建築。」貝琪細聲的說。

「我也這麼覺得，這裡眞的很漂亮，也很安靜。」邵情在心裡想著，還有一絲古怪，那是一種說不上來的直覺。

他們和吳起來到後頭的院子與廂房，這裡與前院完全不同，生氣蓬勃、充滿人群，他們忙進忙出的，似乎在準備晚餐。

男女老少皆有，但以比例來說，年輕的男性居多，很少看到年輕的女性，難怪爺爺會擔心孫子們何時娶妻了。

「你們就是護理師的朋友吧，很遺憾聽到護理師的消息。」一位中年婦女手持香走了過來，笑臉盈盈，看起來十分親切。

「這是我媽。」吳起介紹。

「您好，很抱歉在這種時候打擾你們。」邵情代表與吳媽媽打招呼。

「哪裡，把這當自己的家，放輕鬆就好。」吳媽媽舉起香，歪頭看著他們說，「抱歉呀，我們家有些儀式，你們介意嗎？」

「喔，不介意。」雖然不知道儀式是什麼，但通常人都會下意識的先答應。

吳媽媽點點頭，雙眼忽然變得認真，接著用非常快的速度將香往邵情的左右肩膀用力揮去，最後滑過她的額頭。

他們還沒搞清楚是怎麼回事，吳媽媽也已經移動到楊俊的面前，做出一樣的舉動，最後就是揮過貝琪的額頭。

「啊……」貝琪忽然覺得有點冷，打了個噴嚏。

「哎呀，一定是下大雨受涼了，吳起，快帶他們進去。」吳媽媽笑臉盈盈。

「來，男生住的地方在方才前方的西廂房，女生們則在這裡。」

「咦？要分得這麼開嗎？」貝琪疑惑。

「我們後罩房這邊是專屬給女子居住的地方，男人都住在東西廂房那，抱歉，我們家族這比較傳統些，所以……」

吳起有些不好意思，卲情趕緊說道：「哎呀，沒關係啦，你之前就有跟我們說過了。」

「是呀，當然根據你們家的規則走就好。」楊俊也連忙搭腔。

就這樣，他們三個人在這邊暫時分兩邊走。

「妳們可以先休息一下，可以用膳時我會再過來告訴妳們。」吳媽媽說完後關上房門，兩個女孩面面相覷。

「不只環境，就連她們的用詞有些都好復古喔！」卲情說。

「對啊，這裡簡直是宮廷劇才會有的模樣。」雖然貝琪很想趁機多拍幾張照片，但是卻覺得身體有些不舒服，而且好累，然後打了一個大哈欠，「我想要先睡一下。」

「好啊，我也覺得有點累。」邵情也打了一個大哈欠，和貝琪雙雙躺在床上，沉沉的睡去了。

她聽見了許多吵雜的聲音，敲鑼打鼓的好不熱鬧，好像有什麼好事一般，眾人們紛紛在祝賀，恭喜的聲音此起彼落。

邵情睜開眼睛，發現房間內一片昏暗，她搖晃了一下身旁依舊睡得香甜的貝琪，「貝琪，起來了，天黑了。」

「我們睡這麼久喔，不是說要來叫我們嗎？」貝琪揉揉眼睛，兩個人摸索了一下，找不到電燈的開關。

「該不會復古到要用蠟燭吧？」貝琪說了一個像是笑話但卻又很有可能的話語。

「好像太安靜了，我們去外面看看吧？」

「奇怪，楊俊怎麼也沒有回訊息？」

「還是他也睡著了？」邵情覺得有些奇怪，剛才明明聽到很多人的聲音，怎麼一下子全沒了。

她推開了房門，外頭已經天黑，且半盞路燈都沒有，不過正房的方向似乎有光，兩個人攜手趕緊往那方向去。

「好奇怪喔，而且我覺得、覺得好累，好像沒有睡飽。」貝琪又打了哈欠，下一秒馬上打了噴嚏，「而且還好冷。」

「晚上的山裡本來就會比較冷。」邵情雖這麼說，但總覺得冷得有點不可思議，畢竟現在可是夏夜，再怎麼樣，應該也不會冷到吐出的氣都變成白霧吧？

「邵情，妳看！」

當她們兩個走到正廳邊的時候，看見了令人費解的畫面。

楊俊面無表情的坐在大廳裡頭正中央，雖然眼睛睜著，但是看起來卻像是在放空一樣。而吳家人圍著他一圈，而楊俊的身後站著一位年長男人，從後方對著楊俊的右邊肩膀比劃著。

他的食指與中指貼合，朝右邊肩膀用力往下一劃：「起！」

接著又輪到楊俊的左邊肩膀，最後繞到前方，在楊俊的額頭上用力一劃：「起！」

「他們在做什麼啊？」貝琪緊張的問，此刻畫面看起來很像什麼奇怪的邪教儀式。

然而就在此時，原本看起來在發呆的楊俊忽然回神，從椅子上站起來，看著自己的手掌心，然後前後轉動著，又轉轉手腕。

原先站著的人則忽然倒地，一群吳家人將倒地的人攙扶起，往一旁帶去。

「我們要不要去問問看？」邵情緊張的問。

「不，我覺得我們還是快跑比較好。」貝琪下了決定，說完就立刻轉身要往東廂房的廊間偷跑去外面的停車場。

「貝琪，邵情！」

或許是她們走路的聲音抑或是動作過大，導致被正廳裡頭的人發現，而楊俊竟然大聲的對她們兩個人揮手。

邵情和貝琪不知道該不該跑，但是楊俊帶著笑容朝她們跑來，看起來又正常無比，在她們猶豫的時候，楊俊已經跑到她們面前了。

「妳們怎麼這麼慢？」

「什麼？」

「吃飯呀，剛才吳媽媽去叫妳們，結果妳們都沒有應門，還以爲妳們去附近逛逛呢。」

「咦，有人來叫我們嗎？」她們壓根沒有聽見。

「哎呀，難道是我敲門敲得太小聲了嗎？」吳媽媽也從正廳走出來。

「沒有啦，是我們睡得太熟了，這裡很好睡呢。」邵情尷尬的笑了下，看了一下楊俊低聲說，「那你怎麼不打電話給我們？」

「我手機不小心放在房間裡面。」楊俊聳肩，「好啦，快去吃飯吧。」

「……喔。」兩個人被半推半就的，就這樣來到正廳，裡頭少說也有十多人，看來是吳家人全部了。

「歡迎、歡迎！」一位中年男子朝她們敬酒。

「隨便找位置坐呀！」唯一的年輕女性對她們微笑。

正廳的空間非常大，一旁擺有爺爺靈堂的情況，居然還放得下兩張圓桌，放滿許多珍味佳餚，看起來讓人食指大動。

「好豐盛呀。」她們驚呼，吳起立刻要兩人快點入座。

仔細一瞧，剛才在楊俊肩膀上亂比劃又暈倒的那位老年人，此刻也正好端端的坐在另一桌吃飯，難道剛才那奇怪的畫面是她們看錯了嗎？

不過因為酒席之間十分愉快，食物也非常好吃，所以兩個人找不到時機詢問楊俊剛才發生的事情。

酒足飯飽後，幾個人有秩序的整理了桌面，像是排演過一樣動作十分俐落。這時候她們才注意到，何時中央放了一張椅子，就跟剛才她們所看見的畫面一樣。

楊俊上前坐在椅子上，而幾個人將他圍了起來，剛才的畫面再次重演，頓時邵情和貝琪感覺有點緊張。

同樣的人、一樣的動作、相同的面無表情，到了剛才楊俊看著自己的手轉動著，而倒下的人被拖走。

她們兩個人握緊彼此的掌心，準備一有狀況就快逃。

結果就在這瞬間，中間的楊俊開始跳起舞，連帶身邊其他的人也舞動身體，簡直就像是成果發表會的表演一樣，一切都來得這麼突然卻又整齊劃一。

結束以後，貝琪奮力的拍著手，邵情也吹了口哨。

「怎麼回事呀？你們什麼時候排了這一齣？」

「就在妳們睡覺的時候啊。」楊俊喘著氣，看著她們說：「我從來到西廂房以後，就開始和他們排練。」

「超強的，你們默契好好喔，好像練習很久那樣。」貝琪說。

楊俊微笑，「哈哈，我有天賦啊。」

「不過你什麼時候會跳舞的？你不是手腳不協調嗎？」邵情覺得奇怪，大學時楊俊明明連土風舞都不行。

聽聞的楊俊一愣，看了一下旁邊的人，接著搖頭，「唉，我苦練多年，早就會了，沒想到妳都沒發現。」

「亂講~」邵情一笑，倒也沒有太在意。

「我們這裡晚上有螢火蟲，非常漂亮喔，你們想去看一看嗎？」吳起忽然插話，笑著詢問。

「帶她們去那做什麼？」吳媽媽似乎很驚訝。

「以防萬一，吸一點這樣比較有體力。」吳起聳肩。

「吸一點什麼？」邵情問。

「芬多精。」吳起笑著說，「我看貝琪的臉色不太好，所以去走走會好一點喔。」

芬多精？那不是早上才會釋放的嗎？

還是記錯了？

邵情因爲不確定，所以也不敢多問。

「貝琪，妳眞的可以嗎？臉色眞的不好看，還是我們回去房間休息？」邵情問。

「現在覺得還好，我眞的很想看螢火蟲，所以沒關係。」貝琪問吳起，「應該不會很遠或是需要爬山吧？」

「不會，就在後面而已，走一下就到囉。」吳起熱切的介紹著，同時招手來了一位比他年輕一些的男人，「這位是我的表弟，叫做吳男，他可以帶你們去。」

「嗨，你們好。」吳男微笑，露出了可愛的虎牙。

「你們長得不太像呢。」貝琪順口說。

但他們笑容一僵，楊俊立刻推了貝琪一下，「好啦，我們走吧！」

「請跟我來！」吳男揚起笑容，帶著他們從耳房後繞到外頭。

「你幾歲呀？」邵情走在吳男身邊，與他有一搭沒一搭的聊天。

而貝琪則低聲問楊俊說：「剛才幹嘛推我？」

「唉喔，妳很沒禮貌耶，說人家長得不像。」楊俊皺眉，「我剛才和他們練舞的時候有聽說，這一整個大家庭其實都沒有血緣關係喔。」

「什麼意思呀？」貝琪捂住嘴。

「爺爺好像是做善事的，總之從以前就一直會定期收養孩子，然後養育他們長大。」

「但是剛才吳起有喊那個阿姨媽媽呀。」

「養育自己長大的當然喊媽媽呀，但是他們並沒有血緣關係，所以長不像是應當的，就妳在那邊亂講，給人傷口灑鹽。」

「我又不知道，眞是太丟臉了。」貝琪雙手放在兩頰邊。

「沒關係啦，妳現在知道了就好。」楊俊說著，「別告訴邵情喔。」

「爲什麼不能說？」

「妳是因爲說錯話了我才告訴妳，莫名告訴邵情這件事情，怕她會覺得有負擔。」

「你說得也有道理。」

「各位，我們就到了唷，請走路輕盈些，小心別嚇到螢火蟲了。」吳男邊說邊關閉了手電筒，頓時這裡一遍漆黑，什麼都看不清楚。

「邵情小姐，妳可以抓住我的衣服沒關係。」吳男親切的提醒，這讓邵情覺得有點窩心。

「那就不好意思了……」因爲這裡實在太暗了，所以邵情的手拉上了吳男的衣角。

他們走在有些泥濘的土上，吳男熟門熟路的往前走去，但還是會配合邵情的腳步。

而後頭的楊俊也走得算快，貝琪拉住楊俊的衣服，很簡單。

「楊俊，你看得見路喔？」貝琪好奇的問，怎麼楊俊健步如飛呀？

「啊。」楊俊忽然放慢速度，「我眼睛習慣得很快，妳還看不到嗎？」

「嗯，看不太到。」

「那我走慢一點吧。」楊俊一邊走、一邊慢慢跟前面的人拉開距離。

「哇！那就是螢火蟲嗎？」忽然貝琪比著遠處的綠色螢光。

「對，那就是螢火蟲。」楊俊也回應。

那綠色的螢光只有一隻，逐漸朝他們這裡飄過來，貝琪覺得很興奮，她從來沒見過螢火蟲。

不過當光點越來越近，貝琪也覺得不對勁了，她用力抓緊楊俊的手腕，「那個……是不是怪怪的？」

「怎樣怪怪的？」

與其說是光點，不如說是鬼火。隨著綠光的靠近，那大小絕對是螢火蟲的好幾萬倍。

「啊！啊啊啊！」

「那是什麼聲音!?」走在前方的邵情驚訝的回過頭，「是貝琪的尖叫。」

吳男在邵情背對著自己的時候，比出劍指，並且快速的在邵情的右肩膀與左肩膀用力往上一指，並喊：「起！」

他正準備要繞到邵情前方並在她額頭做出一樣的行爲時，邵情已經往前奔去。

「貝琪！妳還好嗎？」

「啊！」吳男驚慌的喊了聲，火才點了兩起，額頭那把還空著呢。

他立刻追了上去，但轉移的火光讓他的身體無法快速移動，走幾步路就開始喘，最後整個人倒在泥濘的土中，掙扎著要往前爬。

邵情絲毫沒有注意到吳男的舉動與他的怪異，終於沿著聲音跑到貝琪和楊俊的所在地，只見貝琪縮在楊俊的懷中驚叫連連，看起來非常害怕。

「貝琪！發生什麼事情了？」邵情立刻來到他們身邊，見到她的楊俊有些驚訝，往邵情剛才來的方向多看幾眼。

「吳男呢？」

「咦？他不是跟在我後面嗎？」邵情沒有多想，抓住貝琪的肩膀，「貝琪，妳怎麼了？」

「嗚嗚！我看見鬼火！」貝琪用力抱緊邵情，眼睛都不敢睜開。

「鬼火？哪裡有鬼火？」連一點光的影子都沒有。

但是楊俊卻忽然往剛才邵情離開的方向跑去。

「楊俊！你要去哪啊？」

但是楊俊根本沒有理會邵情的呼喊，身影早就消失在這片本就漆黑的樹林中。

貝琪稍微恢復冷靜，確認周圍沒有任何東西，才開口問：「楊俊跑哪了？」

「不知道，但是剛才是怎樣？鬼火？」

「嗯，我原本以為是螢火蟲，結果就看見青色的火光往我們這邊來，我嚇死了……」貝琪咬著下唇，「楊俊一直跟我說沒事，眞是奇怪，他明明比我還要膽小才對啊。」

就在這時候，後面傳來拖地的腳步聲，只見楊俊滿身泥濘的一手放在吳男的腰間，另一隻手抓住吳男架在自己肩膀的手腕，吳男看起來虛弱不已，而楊俊則滿臉怒容。

「天啊！這是怎麼回事？」

「妳居然把他一個人丟在那邊，妳是要他死嗎!?」楊俊怒吼。

「我根本不知道他沒有跟上……可是怎麼會……」邵情十分慌張，但同時也覺得很無辜，明明吳男很熟悉這邊的地形，剛才在一片黑暗中也走得順暢，怎麼會跌倒……

「他差點被泥濘的土給悶死！」楊俊非常不悅，帶著擔憂的眼神看著吳男，「我們快點先回去。」

「喔……」

邵情和貝琪跟在楊俊的身後，即便攙扶吳男的情況下，他也走得非常快，彷彿十分熟諳這裡的地形。

「欸欸，我覺得楊俊有點奇怪。」貝琪小聲的對邵情說。

「我也這麼覺得……」邵情看著楊俊的背影，覺得好像陌生人一般，楊俊從來不會生氣，也不會對她們大聲說話。

更別說吳男還是剛認識沒多久的人，楊俊這麼重視朋友所以絕對不可能爲了外人凶她們。

四個人回到正廳時，吳家人見到半死的吳男十分驚訝，又見到邵情和貝琪好端端的在後頭，開始竊竊私語。

「怎麼回事？帶兩位小姐去看螢火蟲，結果搞成這樣？」吳媽媽皺起眉頭，伸手摸了一下貝琪的臉，「小姐的臉色蒼白，體溫也發涼，還是快點回去休息好，晚點我端點熱湯過去。」

「那我們就先回房了。」在燈光下一看，才發現貝琪的臉色的確很蒼白。

而楊俊看都沒看她們一眼，只是抓著癱坐在椅子上吳男的手，那模樣十分詭異。

楊俊，像是變了一個人似的。

回到房間後，她們兩個人一起去洗了澡，但貝琪還是覺得很虛弱，甚至覺得越來越冷。吳媽媽送來了熱湯，原先邵情不太想喝，總覺得有點怪異。

但吳媽媽似乎一定得看到她們兩個喝完才願意離開，所以邵情還是喝了口，但發現湯的味道香甜入喉，最後還是忍不住全部喝完。

那晚她們睡得沉卻不安穩。邵情彷彿一直聽見貝琪在呻吟的聲音，她想問問貝琪是不是哪裡不舒服，可是身體好沉重，連發出聲音的力氣都沒有。

然而她彷彿還能看見有人在黑暗中窺視她，一雙紅色的眼睛與三束火光圍繞著，嘶吼的說：「那是我的身體——」

她嚇得醒了過來，發現床上只剩下自己一個。

「貝琪？貝琪？」開口，發現喉嚨乾澀，從床上下來，卻腳軟無力。

也因此她重心不穩的跌倒，趴在地板上的同時，看見了床底下有個東西在發光。

「那是……」

邵情將手伸到床底下，拿出了那顆發亮的紅寶石。

這是多美的耳環。

「怎麼會在……」邵情不會認錯，那耳環是特別訂做的，上頭的裝飾不一樣。

奇怪！她以爲耳環跟著多美一起下葬了，不對，下葬的時候多美沒有任何飾品在身上，但他們整理多美家的時候也沒發現耳環的蹤跡。

怎麼會在這裡看見多美的耳環？

忽然她寒毛直豎，仔細回想著多美的日記寫著該去爺爺家上香的事情時，日期是幾號？

要是多美其實已經去上香回來了呢？

她是在回家的路上發生意外離開？

不然怎麼說明多美的耳環在這？

但要是多美眞的來過了，爲什麼吳起絲毫沒有提起？整個吳家人也都當沒這件事情？

還是說……她是在這裡發生意外，遺體才被移動到家裡附近的呢？

這有可能嗎？

上次我送晚餐進去的時候，聽到他們在討論三把火的事情，什麼火光越來越暗了之類……

不知怎地，她忽然想起了多美曾經說過的話。

火光……肩膀的三把火，吳媽媽在他們剛到這兒的時候，將香在他們三個的身上拍動，要是那是爲了熄滅他們的火呢？

而之後在她們兩人目擊楊俊倒臥在正廳的椅子時，吳家人也對楊俊做了奇怪的事情，像是在他肩膀與額頭點火一樣……

從那之後，楊俊就變得怪模怪樣了。

「這太扯了！」邵情決定停止這荒唐的想法，這都什麼時代了，她們就是遇上了壞人罷了！

邵情不是英雄，也沒有去尋找朋友的勇氣。

她知道這種時候有勇無謀是沒用的，她必須去外面找尋警察才行。

但……車子的鑰匙在楊俊那，楊俊又在西廂房，而且這裡這麼大，她要如何逃走而不被發現？

「好了嗎？」

忽然外頭傳來說話的聲音，邵情嚇了一跳，立刻冷靜的在不發出聲音的情況下，躲到了床舖後面的死角。

「她身體好像不合適，虛弱。」另一個聲音回答。

「跟上次那個一樣嗎？」

「比上次那個好，上次的一熄火了馬上暈倒。」

邵情捂住嘴，他們在講的是多美嗎？

「那這個就試試看，不然吳男撐不了太久。」

「是啊，都幾百年的夫妻了，要是儀式失敗了，不小心死掉的話，吳力會受不了的。」

「那房間的這個呢？」

「吳媽媽下了藥，睡得可熟，而且她體能不錯。剛才收回了兩盞，目前淨空狀態……畢竟吳男的事情刻不容緩。」

「也是，我們快去幫忙吧。」

他們的說話聲音與腳步逐漸遠離，邵情只聽見自己心臟狂跳的不安，以及剛才略顯荒唐的猜測卻成眞的恐懼。

邵情無法聽得明白，但卻大概聽得出個意思。

她現在身上，沒有火的庇護。

該怎麼辦？

她依樣畫葫蘆，將食指與中指併攏，並且往自己的肩膀上一劃並喊了：

「起！」

「起！」

「起！」

左右肩膀和額頭她都這麼做了，不知道有沒有成功將火點起，但也只能死馬當活馬醫。

她一定得逃走，但沒有車鑰匙她能逃去哪……等等，吳起也有一台車，她還記得吳起不小心把鑰匙插在車上！

太好了，只要她能想辦法偷跑到外面，就能上車逃走，再去報警！

下定決心之後，她看著多美的單只耳環，將它放到口袋之中。

「多美，保佑我。」

邵情輕輕推開房門，木頭的吱嘎聲在夜晚顯得格外大聲，這讓邵情還僵住不動，深怕被發現。

但所幸大家似乎都在正廳「辦事」，加上宅邸夠大，並沒有人前來關切。

於是邵情盡量讓自己可以隱身在樹叢或是貼近牆邊，小心並緩慢的走。當她來到東廂房這側時，還是下意識的往正廳看去。

這一次，換成呆滯的貝琪坐在正中央的椅子上，吳家人圍著她一圈，而楊俊也在其中。

剛才看起來快死了的吳男，此刻正站直身體，氣色還頗不錯的站在貝琪的後方，然後做出一樣的動作，「起！」

喊完三次，吳男倒了下來，所有人立刻過去攙扶吳男。

而楊俊則蹲到了貝琪面前，殷切的看著她：「還好嗎？」

貝琪失焦的眼神逐漸凝聚，然後對焦在楊俊臉上，接著露出了從沒在貝琪臉上出現過的笑容。

那眼睛彎曲的弧度、那笑起來的模樣、那帶著愛意看著楊俊的神情，都是邵情從來沒見過的。

貝琪抱住了楊俊，而吳起催促他們，「好了，你們讓開位置，要換人了。」

「嘿嘿。」楊俊拉著貝琪到一旁，兩個人濃情蜜意的模樣十分弔詭。

而吳家人把吳男放到了椅子上，他的眼神空洞無比，身體癱軟成一片，比起剛才呆滯的貝琪，此刻的吳男看起來更像是已經沒有生命的軀殼一樣。

接著在吳男的身後換站著最一開始在楊俊身後的年老男性，一樣的動作再一次，吳男回神，而老人倒地。

邵情的腦中浮現一個恐怖的猜想。

他們，交換了身體？

這有可能嗎？

但是看起來就像是這樣啊！

不，沒時間釐清了，先快逃才是。

她趁著吳家人正一片喜悅無法分神注意到這邊時，趕緊一鼓作氣的往大門方向逃，離開了二進門後總算鬆口氣，最後衝出了大宅院，見到楊俊的車和吳起的車都在那，她忍不住流下眼淚！

終於可以逃離這邊了！

所以她二話不說衝到了吳起的車邊，打開了車門，坐上了駕駛座。整個過程一氣呵成，順利到不可思議！

接著就是啓動車子……鑰匙呢？

明明鑰匙是插在上面的啊！

「妳以爲，我們會這麼笨嗎？」

吳起出現在車窗邊，用力拉開了車門，要將她從裡面拽出來。

「啊！」邵情尖叫，不斷抵抗，但吳起抓住了她的頭髮。

「不可能讓妳走的，失去了火的庇佑，還這麼有活力，妳可是難得的容器啊。」吳起毫不客氣，粗魯的將她從車內拖出來，並往門的方向去。

「不、不要！救命啊！」邵情奮力掙扎，但是怎麼樣也比不過吳起的蠻力，只換來頭皮的疼痛與更用力的抓弄。

「沒想到多美這個護理師也不是沒有用啊，能送來三個健壯的人……比她自己有用多了！眞是想不到，哈哈。」吳起發狂的笑著。

「你、你們殺了多美嗎？我就知道，你們殺了她！」

「我們沒有殺她。」吳起經過了第二個門，拉著她的手絲毫不憐惜，「是她自己體虛，火一滅就暈倒，儀式進行到一半她就忽然猝死……偶而會有這樣的事情發生，但很少。」

他們回到了正廳前的大院子，這裡聚集了許多人，楊俊和貝琪十指緊扣站在一旁，所有人都笑著看吳起粗暴的行爲。

「哎呀，差點就給跑了呢。」

「不過別這樣拉啦，等等掉頭髮。」

「是呀，那身體要愛惜呢。」

幾個吳家人在那喊著，但已經備妥椅子，吳起把邵情推了過去，其他人則用繩子將她綁起來固定住。

從頭到尾，楊俊和貝琪都在旁邊看著，嘴角還帶著微笑。

「楊俊、貝琪，救命！」她抱著一絲希望朝他們求救，但兩個人看著她的表情，很明顯已經不是他們。

「楊俊和貝琪去了哪裡？你們也殺了他們嗎？」她大哭著，只不過想要實現多美的願望罷了，怎麼會遭遇這種事情。

「他們沒有死喔，我們才不會做殺人這種野蠻的事情呢。」貝琪嘟起嘴巴，「他們在那一大片樹林喔！」

「樹林？」

吳家人將她圍起來，一個年邁的阿婆從西廂房走出來，一邊碎唸著：「我已經受夠老年人的身體了，動作有夠慢……」

吳起立刻來到老婆婆旁邊，溫柔的攙扶著她，「我不就從醫院帶回了護理師嗎！我怎麼知道她的身體那麼不好，沒辦法承受火的熄滅還有妳的進入呢！」

「哼，我也差點就死了好嗎……」老婆婆抱怨，看著眼前的邵情，「這次這個沒問題吧？」

「沒問題，她的身體很好，妳瞧，火滅了，還活蹦亂跳呢。」

「身體好有什麼用……還不是會老。」

「好了啦，吳罔，老了再換不就好了，這幾百年不都這樣嗎！」吳起哄著她。

「你是那個醫院的爺爺嗎？」邵情愣住。

吳起瞇眼一笑，「對，我到醫院只是希望交一些朋友，讓人有機會能夠來為我上香。」

他原先很單純的只是想，可以找到老人朋友，接獲他死亡的噩耗後可能會派孫子來上香致意，事實上，有不少孫子都來了，也成功了，唯一失敗的就是多美這位身體不好的護理師。

「以前的人比較熱情，很容易就能取代。現在的人呀，警戒太高了，我們家的位置也不太好……是不是考慮搬家？」

「搬家以後，陣法就無效了。」楊俊在一旁說，「別浪費時間了，快點吧。」

「不要、你們想做什麼?」邵情感覺大難臨頭，逃不掉了。

吳家人圍住她，每個人嘴裡似乎都碎碎唸著什麼，邵情聽不清楚。

但是她卻覺得身體有一種難以言喻的感覺，好像有什麼被逐漸抽離出來，並不痛苦也不疼痛，就只是……抽離了。

忽然她發現自己的視線怎麼逐漸變高，最後甚至高過於現場所有人的頭頂。

「起!」

「起!」

「起!」

她聽見那位老婆婆的聲音從下面傳來，低下頭，自己的身體還在椅子上，而有個黑色的氣體從老婆婆的眼睛、鼻子、嘴巴、耳朵滲透出來，鑽進了她的身體。

「快把我解開啊!」忽然，邵情的身體開口說話，是她的聲音、她的臉孔、她的身體，但卻不是她!

「不不不不!還給我!還給我!」邵情尖叫，但沒人聽見她的聲音，就連吳家人都沒看見他。

他們將邵情從椅子上扶起來，而吳起上前抱住了她，「吳罔啊，我們又能用新的身體在一起七十年了。」

「我都膩了！」吳罔說著，但卻抱住了吳起。

而倒在身後，原本屬於吳罔的身體，已然成爲空殼。

邵情來不及看到最後，就被一股強烈的引力往樹林的方向拉了過去。

天旋地轉，卻沒有想吐的感覺，她彷彿只剩下意識一般，飄浮在這個空間，感受不到自己的四肢，也沒有任何重力。

她哭了起來，但發現沒有眼睛、也流不出淚水，只剩下無盡的悲哀蔓延至身體。

我現在……是靈魂嗎？

她茫然想著，她又沒有死，所以是生靈嗎？

「是邵情嗎……？」

一個聲音直接傳到她的腦海之中，明明不是聽見眞正的聲音，但邵情卻認得出來那是貝琪的聲音。

「貝琪！貝琪！」她嘗試回應，只見一縷青煙飄到她的面前。

明明是團火光，但邵情就是認出來了，她想哭，但只感受到哀傷。

「邵情，妳也變成這樣子了……」

貝琪看見在樹林中的青色火光，原來眞的是鬼火，是他們這群被奪走身體的人所燃起的火。

從樹林之中，出現了許多火，陽壽未盡便被奪去了身體，使得靈魂強制被剝離出來，又被法術困在這，使得他們無法逃脫。

然而，他們都是生靈，被奪走的身體活到陽壽盡了後，他們的魂依舊在這，生生世世永不熄滅，卻也無法輪迴、逃離不了。

他們哭泣著，悲痛的情感迴盪在此處，使得樹葉都顫抖起來，承載了多年來的傷痛。

根據老靈魂所說，吳家已經是好幾個世代前的家族了，他們家中從以前就是篤信邪術的家庭。簡單說起來，他們會滅掉年輕人的三把火，讓此人至少三個小時在無火保護的情況下逐漸虛弱，這時候他們會用獨有的催眠以及術法，將對方靈魂抽離。

再來，會由吳家的人重新將已成爲空殼的身體點起三把火，他們稱呼這爲

「換火」，換火後，吳家的靈魂進入到新的健康身體裡，便能成爲新的主人。

他們家好幾個世代以來都是用這種方式達到另一種的「長生不老」，但這種儀式有時候也會失敗，偶而會發生靈魂與身體強烈排斥，這時候會死去。

每一次換火也不見得一定要透過催眠或是術法，若是對方的身體強壯，那直接點火進行換火也可，但要注意，若是對方閃開了，換火到一半的話，吳家人會受到強烈的衝擊，頓時身體癱軟無力，嚴重則會死亡。

隨著時代變遷，一部分的吳家人對長生不老感到厭倦，離開了這裡度過平凡的一生，迎接死亡。

但更多的吳家人選擇用這樣的方式活著，生生世世……

「那我們該怎麼辦？難道永遠在這嗎？」邵情哭了起來，她還有好多事情沒做，還有好多夢想要完成。

她、她還想見見那個自己深愛著的那個男人啊！

她不能無止盡的待在這，永遠、永遠在這活著，卻如同死了一般。

「沒有用的，妳們來樹林的時候，我要警告貝琪快逃，可是她見到我只是一團火光，還尖叫……」楊俊在一旁聳肩，雖看不見表情，但感覺他已經接受這件事情。

「我們都要上班，也有家人，要是不見的話一定會有人來找我們的！」邵情說著，期盼那個男人也會找自己。

但，他會嗎？

他一定會跟新婚妻子開開心心的生活，忘了自己吧。

「傻了嗎？他們有我們的外表，他們會先出去打理好一切，看是講得我們要離開家裡還是追求夢想，反正最後都會讓我們脫離原本的生活，變成他們的人生，回到這邊繼續下去。」楊俊比他們兩個早來，聽了老靈魂說了很多過往故事，包含吳家人會怎麼善後一切，他們相同的事情做了好幾百次，早就得心應手，十分有經驗。

「難道我們真的就這樣子……把身體拱手讓人了嗎？」邵情沒有辦法接受。

「那不然要怎麼辦？我們有什麼辦法可以離開樹林嗎？」貝琪說。

大家當然看向老靈魂，同時也看見了答案。

要是真的有辦法離開，這些年早就離開了吧……

他們在這飄蕩著，一開始，邵情還會企圖想要逃出這片樹林。

但無論她往哪個方向去，總是會在樹林的邊界碰到結界，因而困住出不去。

「放棄吧，出不去的，我們嘗試了好幾年了。」老靈魂們勸著。

「就讓她試吧，總要自己試過，才會放棄。」其他老靈魂們說。

邵情認爲自己和他們不一樣，她的身體還在，她還有機會奪回來。老靈魂們的軀殼都腐朽了，所以他們才會如此消極。

於是邵情召集了一些近十年來被取代的靈魂，與他們分享並交換情報，希望能找出什麼蛛絲馬跡。

首先，目前的吳家人雖然還是有幾個中年人，但還不到老的程度，他們或許不會急著要換軀殼，所以暫時都不會有新的儀式進行。

再來，她想起一個奇怪的點。

如果只是要交換身體的話，爲什麼吳男一開始要帶他們去看螢火蟲呢？

問了一下其他人，似乎都沒有被帶去看螢火蟲。

「這麼說也有點怪，這邊根本沒有螢火蟲啊。」當時已經變成鬼火的楊俊早就巡視過樹林一輪，連小溪都沒有，怎麼會有螢火蟲呢？

「樹林有什麼特別的嗎？」她轉問老靈魂們。

「那裡也沒什麼，就是一些邪門的石頭罷了。」

「我們去看看好了。」貝琪提議。

於是他們幾個人飄到了當時吳男帶她們走的路上，沿路還眞的什麼都沒有，不過繼續往前，可以看見有好幾顆石頭堆在那裡。

仔細一瞧，那些石頭還散發著黑氣，難怪老靈魂們會說邪門了。

「你們看，那個石頭上的黑氣和我們被交換身體時，吳家人身上流出來的一樣。」

「黑氣？」貝琪重複一次，「什麼黑氣？」

「石頭周圍呀，妳沒看到嗎？」

「沒有，不就是一般石頭嗎？」

「楊俊，你看見了嗎？」

「沒有，就是石頭，而且我身體被推出來的時候，也沒看見什麼，就只是瞬間被吸來樹林。」

眞是奇怪，黑氣只有自己看得見？

「妳看得見黑氣？」老靈魂們事後聽見邵情的話，思緒飄到很久以前。

「偶而，會有些人看得到黑氣。」

「那些人在哪？」邵情問。

「他們被吳家人接走了。」

「什麼！」他們三個異口同聲，與此同時，邵情彷彿聽見了一種呼喚，她再次不由自主的被拉開。

「邵情！」她聽見楊俊和貝琪的吶喊。

「救命——」

她被抽離高過樹林，快速的往吳家四合院的正廳飛去。

此刻是夜晚，吳起正帶著微笑坐在正廳中央，而她像是被什麼固定了一樣，就在吳起的正前方。

「妳真是令我訝異，不只身強體健，還看得到那些黑氣。」吳起的眼神充滿讚許。

「那些黑氣是什麼東西？你們是人嗎？」

「我們當然是人，只是懂得一些違逆天地的術法的人類。」

吳起笑著，雙手放到了兩旁的椅子上。

他說，那些黑氣就是他們的術法，而那些石頭便是這大宅以及樹林的陣法。他們不需要擔心被人爲破壞，因爲一般人類經過附近，就會因爲咒法影響而遠離。而鬼火更是毋須擔心，連實體都沒有，要怎麼碰觸？

會意外帶她們去那兒，是因爲有了多美的前車之鑑，他們怕貝琪又忽然猝死，所以希望讓她吸一點黑氣入身，好讓他們有時間取代。

「我們吳家本來有一百多個人，但是多年來的取代下，有些失敗死亡，有些看透生死，到了最後，只剩下我們這十多個人。我們不希望術法失傳，也不想最後就這樣死去。於是從幾十年前開始，決定稍微分享給外人，然後增加我們吳家人。」

反正替換下來，吳家的血緣早就消失，他們靠的是靈魂的連結，靠的是術法的維繫。

「妳先天體質不錯，願意成爲我們的家人嗎？」

貝琪和楊俊睜開眼睛的時候，已經在車子裡面，而車子停在山下的便利商店。

「這是……怎麼回事？」貝琪拉開副駕駛座上的鏡子，是自己的臉！自己的身體！

「邵情呢!?」楊俊回過頭，但後座並沒有人。

只有一封信躺在那。

邵情用自身換回你們倆，勿找尋、勿追究。
好好過你們的生活。
否則我們將再次奪回原先已拿到的。
你們右肩上的火，由我們保管，以防你們派人找我們。
既取你火，必能取代。

「邵情……邵情啊……為什麼要這樣……」貝琪看著信哭了起來。

楊俊噙著眼淚，他們的朋友，為他們做了最大的犧牲。

「老公，我們在這邊等一下好嗎？」女人比了一下前方的便利商店。

「好啊，妳要買東西嗎？」男人停下車並熄火。

「對呀，你去幫我買杯咖啡好嗎？」女人朝男人撒嬌。

「當然沒問題，親愛的老婆。」男人吻了一下女人的唇，便進去便利商店。

女人看著男人的背影，之後下了車，來到一旁的露天座位區。

「好久不見了，吳起。」

「好久不見，我該叫妳什麼呢？」吳起刻意這麼問，臉上還帶著令人不悅的微笑。

「我，可是有遵守約定，在你們需要的時候就送人過去。」女人邊說邊看著便利商店裡的男人，怕他忽然就出來了。

「我知道，這一次需要一個年輕的男人。」吳起說完就站起身。

「等一下，這個女人……」她比了一下自己的身體，「還好好的待在樹林吧？」

「是啊，每晚都在悽厲的尖叫，詛咒著妳。」吳起邪笑，對她頷首，往自己的老爺車走去。

「老婆，怎麼站在外面？」男人買好了咖啡，來到女人身旁。

「沒什麼，就是悶了點。」女人勾住男人的手，「老公，我眞的、眞的好愛你，你知道吧？」

「我知道呀，我也很愛妳。」

不，你不知道，你不知道爲了愛你，我做了些什麼。

「謝謝老公的咖啡。」

邵情用著別人的身體、別人的表情，對著眼前的男人微笑。

爲了愛他，她能夠抹煞掉自己，只成爲他愛的那個女人。

「我願意成爲你們的家人，但我有條件：第一，請放楊俊和貝琪走。相反的，我會成爲你們在外的幫手，只要你們有需要，我就會帶人過來。第二，我能把邵情的身體給你們，但要暫時還我，讓我帶另一個女人過來，我要成爲她。」

邵情的嘴角勾起微笑，看著眼前這個她愛了一輩子的男人，終於，也會愛自己一輩子了。

第三篇

借火

龍雲

1.

「兄弟，借個火吧？」

戴立標轉向聲音的方向，一個男人來到自己身旁，嘴上叼著一根還沒點燃的菸說道。

在臺灣這個地方，最沒有人權的恐怕就是阿標這些吸菸族了，社會對吸菸族的迫害，已經到了不可理喻的地步，甚至就連一些大樓社區，都規定全大樓的住戶禁止吸菸，哪怕是在你自己家裡也不行。

明明法律沒有禁止吸菸，甚至還公開販售，但是卻被追殺，實在是莫名其妙到了極點。

而吸菸區這種地方，就是這些菸槍僅存的安慰場所。

因此這些菸友即便彼此不認識，也會被迫聚集在這個地方，享受憲法給予他們如今卻被踩在地上踐踏的人權。

在這種互相取暖的地方，不會有人拒絕這樣卑微的請求。

因此阿標拿出了隨身帶著的廉價打火機，交給了對方，對方接過去之後，點燃了那根叼在嘴裡的菸。

男子將打火機還給阿標的時候，深深吸了一口菸，然後十分舒服的將煙給吐了出來。

同樣身爲癮君子的阿標，完全能體會那相隔許久之後，第一口菸所能帶來的滋味，臉上也不自覺的浮現出一抹淡淡的笑。

「謝啦，兄弟。」

男子向阿標道謝，阿標點了點頭禮貌的回應。

通常在這個時候，大部分的人，可能就會走開一點，不需要特別開口說話，也算是一種默契，但是男子並沒有離開，而是依然站在阿標的身邊。

在抽了幾口菸後，男子開口問阿標：「來這兒買東西？」

兩人身後就是北市最大的電腦賣場，大部分會在這個地方抽菸的，大概就是三類人，一是顧客、一是這裡工作的員工，再不然就是附近大學的學生，阿標屬於第一種，因此點了點頭。

「如果幾天前，」男子笑著說：「我可能還可以推薦你到我們店裡去，幫你省點錢，不過現在……我已經不在這裡工作了。」

男子言談中透露著無奈。

「唉，經濟眞的不景氣啊，尤其是因爲前陣子疫情的影響……」

阿標點點頭，那段時間幾乎所有人都受到了影響，就連阿標就讀的大學也在家上了好幾個月的線上課。

「所以你們店沒撐過來？」阿標回應。

「不全算是啦，」男子側著頭說：「我們這裡確實在疫情期間休息，不過老闆可不打算這樣坐以待斃，所以他有了個餿主意，打算……撈點偏門。」

阿標聽對方這麼說，挑了挑眉，雖然內心有點好奇，不過阿標不打算追問，對方有意要說下去就說，不說他也不會多問，畢竟這個話題有可能十分敏感，過問太多似乎也有點麻煩。

結果男子在吐了一口煙之後，接著說道：「我們是專門進口一些海外的電腦設備，所以老闆跟一些……那個搭上線，準備利用這個管道來運毒。」

聽到這裡，阿標內心漏了一拍，想說這種事情，眞的可以這樣隨便在這裡說嗎？

他緊張的瞄了一下四周，還好整個吸菸區，只有他們兩個人，不過他很清楚，如果再聽下去，似乎不太妙，所以當下想了個理由，準備開溜。

「不用緊張。」男子在菸灰缸裡面捻熄了自己的菸，旋即又拿了一根出來說：「這事後來並沒有成功。不好意思，再跟你借個火。」

聽到男子這麼說，阿標鬆了口氣，拿火給對方的同時，自己也掏出一根菸，兩人點了菸之後，男子接著說下去。

「我來這裡工作，是來當業務的，賣賣電腦設備，不過就是混口飯吃，我可不打算販毒啊，開什麼玩笑，那是重罪啊。」

阿標點了點頭說：「所以你辭職了？」

「唉，」男子面露難色：「老闆也眞的是，也不試探一下大家的意思，就這樣直接把計畫說出來，這種情況之下，想辭也辭不了，他們不可能讓你辭職，冒險讓你去報警啊。」

阿標用力的點了點頭。

「結果我變得騎虎難下，繼續幹下去也不是，辭職也不是。」

阿標完全能體會對方的難處，因爲剛剛一剎那間，自己光是聽到對方這麼說，也立刻有了想要開溜的心情，如果不是他直接先暴雷結局，自己不可能留下來繼續聽。

「後來我掙扎了許久，眼看貨都要進來了，一旦經過我們的手，眞的賣出去，我就是犯罪組織的一份子了。」

雖然對方有說這事後來沒成，不過阿標還是不敢點頭，只是側著頭不置可否。

「所以我下定決心，向警方報案，揭發老闆的計畫……」

聽到男子這麼說，阿標瞪大了雙眼，一臉佩服的模樣，看著男子。

「警方很快就逮捕了我們老闆，並且在海關攔截了這批毒品，人贓俱獲的情況下，老闆恐怕這下慘囉。」

「哇……」

阿標讚嘆，心想如果是自己遇到這種情況的話，自己不知道有沒有那個勇氣跑去報警。

「我報警的事情，當然沒有人知道，」男子吐了最後一口煙，淡淡的說：「所以我裝作若無其事，回來收東西。」

阿標點了點頭，突然想想男子也很大膽，就這樣回來收東西，還跟一個完全陌生的人在這裡把這種事情說出來，到底該說是超有種，還是神經太大條？

不管怎麼說，與男子的這一番交談，恐怕是阿標這輩子，在吸菸區跟人閒聊中，最驚心動魄與有趣的故事了。

就在阿標打算與男子告別，轉身回到賣場裡面的時候，男子又繼續說了下去。

「結果……」

「嗯？」原來故事還沒有結束？阿標繼續側耳傾聽。

「那個跟老闆合作的角頭，」男子說：「在我收拾東西的時候，突然衝進來。」

想不到劇情突然急轉直下，讓阿標感覺到自己腎上腺素狂飆，整個心跳也隨著劇情的起伏激烈飆升。

「我猜應該是警方那邊，」男子沉著臉說：「有人跟老大掛勾，所以我告密的事情，被老大知道了。」

聽到這裡，阿標不自主的倒吸了一口氣，爲男子捏了把冷汗。然而此刻的阿標，就好像在看電影的時候，雖然對劇情的發展感到緊張，但是終究還是覺得主角最後一定會化險爲夷一樣，並沒有感到害怕，反而期待聽聽男子是怎麼樣脫離這宛如修羅場般的地獄情況。

「他們把我壓到了屋頂……」

男子用手指了指上面，阿標順著往上看，這商業大樓雖然不算高，但是五、六層樓的高度也絕對足以摔死一個人。

「把我從屋頂丟下來。」

「啊？」

阿標愣了一下，轉頭看著男子。這時他才注意到，自己一直沒有正眼好好看過男子，只見男子臉色似乎比起正常人來說，還要更加慘白。

「我……只是想要當個店員，」男子語氣中帶著怨恨：「爲什麼要這樣逼我？」

阿標想要逃，但是發現自己彷彿中了定身咒一樣，完全動彈不得。

「慘死之後，」男子咬牙切齒的說：「我立刻想要找他們報仇，我眞的好不甘心，但是他們身上有陽火，我沒辦法靠近，除非想辦法滅掉那三把陽火，不然我沒辦法報仇。」

動彈不得的阿標，這時已經驚恐至極，無奈身體完全不受控制，所以只能繼續杵在原地，聽著男子說下去。

「我頭下腳上被丟下來，」男子看著阿標的雙腳說：「當場就被摔死，摔死的地方，就是你現在踩的地方。這裡的打掃阿姨，一直都很混，所以洗得很隨便，我還有點血肉留在上面……」

聽到對方這麼說，阿標拚了命想要跳開，但是無奈雙腳完全不聽使喚，因此還是只能愣在原地，只是激動、著急與害怕的種種情緒，已經讓阿標急到淚都飆出來了。

「爲了滅掉他們的火，」男子說：「我不得已只好跟你借一下你的陽火，我只跟你借兩把，沒有借第三把，就是不想要害你，希望……你不要怨恨我……」

男子說出最後一句話的同時，身體彷彿融化般，逐漸消失，與此同時，整個環境也逐漸暗了下來，直到最後完全陷入一片虛無的黑暗之中。

2.

何善彬來到醫院，準備探望自己的高中同學阿標。

雖然說兩人在高中畢業後，各自上了不同的大學，但是兩人還是保持聯絡，差不多一個月都會出去聚餐一次。

然而好一陣子都沒有接到阿標的電話，就連平常兩人常常一起玩的線上遊戲，也不見阿標登入，於是阿彬主動打電話到他們家，結果就從阿標媽媽的口中得知阿標住院了，而且從阿標媽媽的語氣聽起來，病況好像十分嚴重。

因此阿彬二話不說，問清楚地方後，立刻前來探病。

來到了病房，阿彬真的被阿標的狀況給嚇到了，兩人不過幾個禮拜不見，阿標就已經整整瘦了一圈，幾乎快到了皮包骨的地步。

這不免讓阿彬懷疑阿標是不是得了什麼不治之症，不過從阿標媽媽的口中得知，目前就連醫生都還檢查不出原因。

對於好友的造訪，確實讓阿標心情好了很多，連日的檢查早已讓他身心俱疲。

不過阿標當下並沒有多說什麼，一直等到媽媽離開，剩下他跟阿彬兩人的時候，阿標才開口把事情的始末告訴阿彬。

「一切都是從那個恐怖的惡夢開始……」阿標說：「我就是做了那個恐怖的夢，身體才會出現狀況。」

阿標將自己前些日子，做夢夢到有人跟自己借火的事情，告訴了阿彬。

「原本我也以爲只是一場惡夢，」阿標哭喪著臉說：「但是身體很快就出現狀況，不但變得十分虛弱，而且還隨時都有種喘不過氣、快要往生的感覺。」

聽到阿標這麼說，阿彬也不知道該怎麼安慰這個高中同學。

「後來我在學校暈倒，」阿標說：「就被送到醫院，醫生也說我的生命體徵十分虛弱，研判應該有什麼重大疾病，但是檢驗到現在，還是查不出半點原因。」

「你有跟你爸媽說嗎？」阿彬問：「關於那個夢的事情。」

「有，」阿標說：「我爸認爲只是巧合，因爲身體出狀況，才會做些奇怪的夢，只有我媽相信我現在的狀況跟那個夢有關。」

其實就目前聽到的內容來說，阿彬也不太相信，不過阿彬也不是那種鐵齒到完全不信邪的人，大概就是那種有一分證據說一分話的感覺，以目前的狀況來說，他還是比較相信醫學才是幫助自己高中同學的正道。

「然後呢？」阿彬問：「你媽有什麼想法嗎？」

「她好像幾天前有去找些師父，聽說今天會來看看情況。」

聽阿標這麼說，阿彬點了點頭，不過內心對於一切都是源自於那個惡夢的說法，還是覺得荒唐。畢竟阿彬也是土生土長的臺灣人，關於許多傳說或者是鬼故事聽得也不算少，但是從來沒聽過類似這樣的情況。

這時阿標的媽媽回到病房，身邊多了一位中年男子，阿彬見過阿標的雙親，知道這個中年男子並不是阿標的爸爸。

「趙師父，他就是我兒子。」阿標的媽媽對那位中年男子說。

阿標向男子點了點頭，然後看了阿彬一眼，看來這位男子就是剛剛提到今天會過來看看情況的師父。

趙師父靠過去，看了一下阿標之後，皺起了眉頭，轉向了阿標的媽媽。

「其實，那天聽妳說的情況，」趙師父說：「我是覺得有點奇怪啦，至少我個人從來沒聽過這種情況，我也有四處問了一下，結果同行間也都沒有聽過。」

聽到師父這麼說，阿標的媽媽臉上頓時沉了下來。

「不過就情況聽起來，」趙師父說：「那個火應該就是指人身上的三把陽火，其實在我們人身上都有，而這三把火，就是保護我們，不讓那些好兄弟侵犯我們的主因。在妳兒子夢裡面那男人說沒辦法靠近，也是因爲這個關係，這點倒是符合我們傳統的觀念，但是在你們跟我說之前，我是眞沒聽過這火還可以『借』。」

阿標的媽媽一臉心疼的望向自己躺在病床上的兒子。

「因爲大家都沒聽過，」趙師父說：「所以我拜託幾位好朋友，四處幫忙打聽看看，後來好不容易才打聽到一個案例。不過不在臺灣，而是發生在香港，情況跟你差不多，也是做夢的時候，夢到有鬼魂過來跟她借火。」

這時阿標媽媽彷彿見到了一道曙光，立刻問道：「結果呢？」

很顯然答案不理想，趙師父沉下臉搖搖頭說：「結果好像不是很好，他們家有兩個人相繼身亡，不過對方夢到的實際情況跟你們不太一樣，因此只是參考。」

「那該怎麼處理才好？」好不容易見到曙光，瞬間又被陰霾籠罩的阿標媽媽欲哭無淚問道。

「我跟幾個師父也一起討論過，」趙師父臉上略顯尷尬：「因爲先前眞的沒有其他先例，香港的那起事件也沒有人處理，是事後才知道的，所以到底該怎麼處理，眞的很讓我們傷腦筋。」

阿標媽媽聽了本來想開口，不過見到趙師父似乎還有話沒說完，所以忍住繼續聽趙師父說下去。

「因爲沒有處理過，」趙師父看著阿標說：「所以我們也只能朝理論著手，像我剛剛說的，我們人體正常來說都有三把火，兩肩各一把，頭頂再一把。除了可以保護我們免受邪靈干擾、入侵，還跟我們的身體有著密不可分的關係。少了任何一把火，都會讓身體出現大大小小的狀況，甚至時運不濟，還可能惹到一些不乾淨的東西。少了兩把火，情況更是糟糕，眞的很危險。所以當務之急，當然是想辦法讓火復燃。只是妳兒子的情況比較特殊，一般來說，火會熄滅，都是因爲一些特別的原因。像是被人家壓肩膀或者拍肩，都會短暫讓火熄滅。不過這種很快就會復燃，不用太擔心。但是如果像是身體健康出問題或者是眞的卡到陰，讓火熄滅的話，就需要比較長的時間才有可能復燃。不過妳兒子是自願『借』出去的，情況可能更糟糕……」

在一旁聽著的阿彬，一直反覆聽到三把火，因此壓抑不住心中的好奇，忍不住開口問了趙師父。

「如果三把火都熄滅了呢？」

「三把火都滅了，」趙師父說：「人就會死亡。所以一定要小心，盡可能不要去碰肩膀與頭。」

聽到趙師父這麼說，阿標的媽媽不自覺的幫阿標調整一下躺的位置，深怕枕頭可能會壓到肩膀或頭頂，影響到他身上僅存的火。

「其實在我們的處理上啦，」趙師父說：「不小心弄滅一把火的情況，倒是不少，所以不算罕見，基本上消失後，是可以重新點燃的。」

「那該怎麼重新點燃？」阿標的媽媽心急問道。

「三把火的狀況就好像我們人體一樣，」趙師父說：「生病即使不吃藥，也有機會自己康復，陽火的情況也是，久了自己可以復燃。另外也可以靠唸經，修身養性，加速點燃。妳就把它想成生了一場重病一樣，經過了一定時間的調養，身體會慢慢康復，體力也會慢慢恢復，陽火也是這樣。」

說到這裡，趙師父轉過頭看著阿標。

「不過他現在的狀況，比較緊急一點，用這種類似調養的方式，恐怕緩不濟急。」

「那該怎麼辦？」

「我們幾個師父商量之後的結果，」趙師父說：「看看你們要不要讓他轉到廟裡，由廟裡面的師父一起幫忙唸經，看能不能快點生火。」

趙師父剛說完，阿標媽媽還沒有回應，身後大門的位置，就聽到有人發出清喉嚨的聲音。

大家一起朝聲音的方向看過去，出聲的是阿標的爸爸，由於剛剛大家都很專注在聽趙師父說話，所以沒有人注意到阿標爸爸已經來了。

阿標爸爸向趙師父與阿彬點點頭打聲招呼後，示意阿標媽媽出去，兩人隨後離開了病房，房間裡面只剩下阿彬與趙師父，還有躺在床上一臉無奈的阿標。

氣氛瞬間變得有點尷尬，阿彬這才想到，剛剛阿標說過的，他爸好像不太相信這個，也大概猜到了兩人出去外面是要「討論」些什麼。

眼看氣氛如此，阿彬想要說點什麼，來緩和一下氣氛，但是還沒有想到該說些什麼，外面就傳來了阿標爸媽爭執的聲音。

「你現在是不管你孩子的死活嗎？他身體都已經這樣了，你還要他離開醫院？」阿標爸爸的聲音透過一扇門傳了進來。

「不管的人是你吧！醫生都做了多少檢查了，有幫助嗎？你就一定要這麼不信邪嗎？那是你的兒子啊！」阿標媽媽激動的反問。

兩人的爭執傳入了病房，讓原本就尷尬的氣氛雪上加霜。

門外的兩人似乎也意識到這裡是醫院，因此聲音很快就壓了下來，即便阿彬想要聽清楚兩人爭執的內容，但是最後只有一些模糊的聲音，完全沒辦法聽清楚。

過了一會之後，兩人回到了病房，阿標的媽媽來到了趙師父前面。

「有沒有不要離開醫院的辦法？」

阿標媽媽簡單的一句話，透露了兩人之間最後協商的結果。

趙師父沉吟了一會後，有點勉強的說：「是……有，可能還有一個辦法……」

聽到趙師父這麼說，站在病房角落的阿標爸爸冷哼了一聲，趙師父不知道是眞的沒聽到還是裝的，沒有轉向阿標爸爸這邊，但是阿彬可就沒在客氣了，轉過去看了一眼阿標爸爸，只見他臉上有種不屑的神情，感覺好像就是在說：什麼都是你在說。

「不過這個方法比較……」趙師父無視干擾，接著說：「沒人試過，而且可能還需要在場各位的幫忙。」

「怎麼幫？」阿標媽媽問。

「就看在場的各位，願不願意借把火給他。」

「啊？」

「這也是我們幾位師父商量之下，」趙師父說：「想出來的另外一個辦法，既然他的火可以借給好兄弟，那麼理論上應該也可以借人家的火。」

「那只剩兩把火會不會有什麼問題？」阿標問，畢竟在場的所有人都是自己的父母與同學。

「會，但是問題不會那麼大，」趙師父看著阿標說：「不過對你來說，應該會好轉很多。少了一把火，雖然可能會比較虛弱，但是絕對比你現在的狀況還要好很多。只要你身體能夠熬過，那麼時間久了，火自然可以再生，不管是你還是借你的人，我們推測這樣應該可以度過危機。」

聽到趙師父這麼說，阿彬覺得先不要說迷不迷信啦，至少整體來說，聽起來感覺好像合情合理，就好像眞的有個神祕的宇宙一樣，前面跟後面也都串得上。雖然不能說阿彬被說服，但是確實也找不到什麼前後矛盾的地方。

「我吧，我借。」

阿標媽媽當仁不讓，挺身向前一步。

雖然阿標爸爸一度看似想要阻止，不過最後還是隱忍了下來，或許這就是兩人之間的協議，只要不離開醫院，就盡可能配合趙師父。

儀式其實還蠻簡單的，背後的邏輯可能就沒有那麼簡單，不過這次趙師父沒有解釋這麼多，只有直接交代要怎麼做。

趙師父說自己會採用類似觀落陰的方法，讓阿標跟阿標媽媽處於類似靈魂出竅的狀態，在這種狀態之下讓兩人相會，然後完成借火的儀式。

於是儀式正式展開，阿標跟阿標媽媽兩眼都用黃布綁起來，趙師父用一條紅色的線，將兩人的手腕綁在一起，接著阿標媽媽手持趙師父給她的一炷香，儀式就拉開了序幕。

「請兩位保持肅靜，絕對不要出聲。」儀式開始前，趙師父還交代了阿彬與阿標爸爸。於是阿彬與阿標爸爸退到了病房的角落，靜靜的成為這場前所未聞借火儀式的觀眾。

只見趙師父在阿標媽媽耳邊說了幾句話之後，阿標媽媽頭部有些擺動，似乎在找著什麼，過了一會之後，張開嘴彷彿說了幾句話，但是卻完全沒有發出聲音。

雖然對於這個儀式完全不以爲然，但是阿標爸爸也跟身旁的阿彬一樣，全神貫注的看著這個儀式，所有人的注意力都集中在這個儀式上。

就在這個時候，意想不到的聲音劃破了這寧靜的空間。

「你們在幹什麼！」

一個聲音突然打斷了儀式，所有人幾乎不約而同一起轉向門口，結果就看到了一個護理師衝了進來，直接就喝止了大家。

「在醫院燒香！你們瘋了嗎！」

除了那護理師，還有幾個醫護人員因爲護理師的聲音，紛紛出現在了病房外。

然而這一邊的趙師父看到這情景，整個人傻住了，因爲這儀式不能被人打斷。

只是過去類似的儀式都是在自己的廟裡面做，不曾在醫院做過，所以在實行之際，也忘記要大家鎖門，更不知道醫院病房到底能不能鎖門。

結果就像現在這樣，突然被打斷，距離趙師父最近的阿彬，清楚聽到了趙師父口中唸了一聲：「慘啊……」

果然此話一出之後，阿標媽媽尖叫了一聲，然後身體一軟，整個人倒下去。

阿標爸爸見狀，衝過去抱住了自己的妻子，結果大家還沒反應過來，床上的阿標突然激烈抽搐了起來。

一旁的護理師見狀，立刻上前想要壓住阿標，不過阿標彷彿瞬間癲癇發作一樣，不斷抽搐，只靠一個護理師根本壓不住，這時門外那些原本還在觀望的醫護人員們，通通湧了進來，眾人七手八腳的想要把阿標固定在床上。

不過阿標感覺就好像不聽使喚，全身不停扭動、抽搐，模樣詭異至極。

這時，突然後方傳來了一個女人的尖叫聲，對著那些醫護人員大吼：「不要壓他的頭！」

原來一時暈厥過去的阿標媽媽醒了過來，一看到大家奮力壓住自己的寶貝兒子，立刻厲聲尖叫，害怕這些人這樣壓，會把阿標身上僅存且虛弱的陽火給熄滅。

然而這一切爲時已晚，只見阿標突然拱起了身子，彷彿電影裡面那些將死之人最後的掙扎般撐了起來，接著整個人一軟，癱倒在了床上，完全沒有了動靜。

「啊——！」看到兒子眞的癱倒，阿標媽媽放聲尖叫。

這尖叫聲讓原本包圍著阿標的所有醫護人員察覺到，阿標不是終於鎮定下來，而是眞的沒了呼吸心跳。當第三把火消滅的時候，人就等於跨過了那個生與死的交界，不可能活了。

阿標的死，似乎就是最好的證明。

3.

天空一片晴朗，植被宛如一條棉被，蓋在整個山脈的曲線上。六人走在登山步道上，看著眼前這美景，深深感受到大自然所帶來的震撼。

時間接近學期末，六人是登山社的幹部，計畫在期末考後，舉辦一場值得大家回憶一輩子的登山活動，於是爲了先熟悉環境，以及彩排活動時候可能會進行的活動，所以登山社的主要幹部，決定先來個兩天一夜的探路之旅。

由於一行六人都是熟識已久的社員，所以大家比較輕鬆，不像是社團活動，反而像是一群好友相約出遊一樣。

原本氣氛很和諧，大家有說有笑，不過一起小意外，卻突然爲這和樂融融的場面，帶來了變化。

在大約爬到半山腰的時候，走在後頭的廖社豪，叫了走在前面的阿彬，手也順勢就搭在了阿彬的肩膀上。

豈料這個舉動莫名惹火了阿彬，阿彬大叫一聲：「不要搭我的肩膀！」

阿彬叫的同時，猛然一個甩肩，手也順勢就這樣一巴掌打在阿豪的臉上。

所有人瞬間都傻了，不明白到底發生了什麼事情。

被打的阿豪嚇了一跳，打人的阿彬更是整個傻了，愣愣的看著一臉難以置信、摀著自己臉頰的阿豪。

「對不起，真的很對不起，」愣了一會的阿彬回過神來，不斷低頭向阿豪道歉：「我現在……非常忌諱人家搭我的肩膀。」

眼看對方已經低聲下氣，原本很生氣的阿豪，似乎也不好當場翻臉，只能不悅的說：「你可以用說的，不需要那麼激動。」

「對不起，真的很抱歉。」阿彬再三表達自己的歉意。

這時走在前面的登山社社長陳洛杰出來打圓場：「好啦，沒事了，我們繼續吧。」

說完之後似乎想要隔開兩人，阿杰拉著阿豪，一起走在隊伍的最前面，順便安慰一下阿豪。

另外一邊的阿彬，則是低著頭繼續走自己的路，一路也沒跟其他人說話。

雖然當下沒有什麼，但是在那之後，整個行程的氣氛，就變得有點尷尬又緊張了，這讓一行人中的郭蓮蜜，感覺到有點內疚。

這樣出門，果然還是太快了嗎？

其實，這次的探路之旅，原本只有五個人，身為總務的阿彬本來沒有要參加，因為最近他高中同學突然病逝的事情，給他帶來莫大的打擊。

小蜜看阿彬情緒低落，所以才特別說服他參加，希望這次的登山之旅，可以讓他轉換一下心情，結果想不到會發生這樣的事情，讓小蜜有點內疚。

尷尬的氣氛一路瀰漫到山間小屋，這裡是他們這次探路之旅的終點，照原訂計畫，今天晚上他們會在這裡待上一晚，然後明天一早下山。

抵達小屋，大家短暫休息片刻後，便開始分工準備晚餐。

尷尬的氣氛還是沒有改變，大家各自吃完簡單的晚餐後，將東西收拾一下，便到了小屋屋內。

本來計畫是要彩排當天要進行的活動，可是看大家似乎都有點尷尬，所以阿杰與小蜜商量過後，打算還是先跟阿彬聊聊。

「阿彬啊，」阿杰小心的說：「認識你那麼久了，沒聽過你有那個忌諱，是有發生什麼事情嗎？」

阿彬看了一下眾人，其實內心對於今天把整個行程搞糟，自己內心也有點過意不去。於是在調整一下心情之後，就把自己先前遇到的事情告訴了大家。

阿彬把自己高中同學阿標所夢到的情景，以及後來在醫院發生的事情，通通告訴了眾人。

「那後來呢？」副社長高宏德想要知道在阿標死後的發展，追問道。

「阿標媽媽完全不能原諒院方，」阿彬說：「認爲就是醫護人員壓了阿標的頭，害他三把火都熄滅，才會害死他，因此揚言要告院方。」

「這告不成吧？」

「對啊，這要怎麼證明？」

眾人七嘴八舌討論著這起官司的可能性，不過阿彬卻緩緩的搖了搖頭。

「那不重要。」

「怎麼說？」

「後來我去參加阿標的喪禮，」阿彬說：「趙師父也去上香，結果被阿標爸爸轟出來。」

聽到這裡所有人不禁點了點頭，完全認同阿標爸爸的行爲。

「搞成這樣還敢去，該說他是眞男人還是蠢傢伙。」阿杰笑著評論。

「我在大門剛好跟他遇到，」阿彬沉下了臉說：「聽他說，阿標死後沒幾天，有天晚上他在廟裡遇到了阿標媽媽，阿標媽媽告訴他說，自己前一晚夢到阿標，阿標很不甘心，所以他媽把自己的火，借給了阿標。」

「借了幾把？」小蜜緊張的問。

「……全部。」阿彬說：「目的就是要讓阿標去報仇，結果趙師父嚇了一跳，想要問清楚，阿標媽媽就消失了。」

所有人聽到這裡，臉上紛紛都露出了驚訝的神情，其中小蜜跟另外一位同爲女性的社員何蓉卉抱在了一起。

「所以趙師父才會不安的前往喪禮想要了解情況，」阿彬說：「結果就被他爸轟出來。後來我進去喪禮才知道，阿標死後的第二天，阿標媽媽也死在家裡。」

眾人中有人忍不住倒抽了一口氣。

「他爸一早醒來就發現妻子已經死了，」阿彬接著說：「阿標爸爸對此的解釋是悲傷過度，不過他沒辦法解釋的是，醫院也有派人來弔唁，順便希望可以跟家屬和解，不過那個被阿標媽媽針對，說他壓了阿標的頭，導致阿標死掉的那位醫護人員，也在前一天暴斃，因此沒辦法親臨現場道歉……」

聽到阿彬所言，大家也了解了，或許阿彬一開始沒那麼相信，不過在經歷這些事情之後，眞的會讓人不由得不信。

「所以現在我對於別人拍自己肩膀的事情，眞的很忌諱，不好意思。」阿彬低頭再次表達了歉意。

「不會啦，」阿杰說：「其實我也聽過類似的話，像是什麼有人喊你們名字，絕對不能回頭之類的。」

「對，」阿德說：「我也聽過不能搭肩，三把火的事情，我之前也有聽說過。」

「在山上，有些事情還是禁忌，避開一點也好。」小卉也有感而發。

在場的人，幾乎每個人都能理解與諒解了阿彬，只有一個人例外。那個人就是當事者之一的阿豪。

對他來說，被打那一巴掌的怒火，還沒有辦法熄滅。

尤其在阿彬的這個故事後，更讓他有種說不出的悶，彷彿那一巴掌是他自己活該似的。其實說穿了，阿豪眞正在意的並不是那一巴掌帶來的痛，而是那種在心上人面前丟臉的難受。

如今看到了大家的「輿論」開始倒向阿彬那邊，反而顯得自己去搭肩這件事情，是自己的錯一樣，讓阿豪眞的是完全沒有辦法接受。

「你們眞的要那麼迷信嗎？」阿豪一臉不悅的說。

「不是迷信，而是一種尊重。」小卉說。

眼看所有人都站在阿彬那邊的感覺，讓阿豪眞的吞不下這口氣，他站起身來，毫不客氣的說：「說那麼多就是迷信，到底哪裡來那麼多鬼？」

「那麼敢，你就一個人走去涼亭再回來啊。」一個聲音冷冷的說。

這句話也成爲了一個關鍵，事後每個人回想，都不記得這句話到底是誰說的，也沒人承認這句話是出自己之口。

只是，這句話當下所有人都聽到了，當然也包括阿豪。

「那有什麼問題？」他冷哼了一聲：「如果這樣可以讓你們不要那麼迷信，我很樂意啊。」

阿豪說完轉身就朝大門走去。

「等等，」小蜜站起身來，希望可以阻止阿豪：「這到底是什麼情況啊？不用這樣吧？」

「就是說啊，沒必要那麼意氣用事，大家就算了好不好？」小卉附和。

「去，」阿豪還是一臉不甘心：「不要只因爲自己會怕，就把別人都當成膽小鬼。」

「好啦，」阿德想要緩和：「我們都知道你最勇敢啦，可以了吧？」

結果這話一出，阿豪不但沒被安慰道，反而越來越不爽，二話不說直接就走了出去。所有人見了，也紛紛站起身來，聚集在門口以及可以看到外面的窗戶邊，看著阿豪一步一步朝著涼亭的方向走去。

這時社長阿杰還是希望阿豪不要去，所以叫了聲阿豪的名字。

「廖社豪！別去啦！」

阿豪聽了猛然轉過頭，然後對著眾人這邊笑著說：「不是說不能叫名字？不是說不能回頭？」

被阿豪這麼一說，阿杰也愣了一下，確實如果這是個禁忌的話，自己剛剛也眞的犯了。

「什麼不能回頭？幹！迷信！」

阿豪罵完之後，轉頭就朝涼亭去。

小屋距離涼亭大約兩百公尺遠，雖然此刻還不算太晚，不過太陽早已下山，因此從小屋這邊，只能勉強看到涼亭的一點輪廓。

夾帶著心中的怒火，阿豪一步一步朝著涼亭走去，眼看只要再走個幾十公尺，就可以到達涼亭了。

這時阿豪突然聽到身後有人說：「少年耶，借個火吧。」

雖然聽不出聲音是誰，也沒有聽到腳步聲，不過阿豪下意識認爲，這聲音肯定是其中一個社員，偷偷跟在自己後面，就是想要嚇唬自己的。

因此阿豪掏了一下口袋，摸出了自己隨身攜帶的打火機，然後向前伸出手，要對方走到自己面前來拿。

「來拿啊。」阿豪說。

下一秒鐘，一隻手驀地搭在阿豪的肩上，阿豪頓時感覺到那隻手傳來了一陣冰涼的感覺。本來還不覺得有什麼，畢竟山上眞的比較寒冷，所以手在沒穿戴手套的情況之下，會比較冰冷屬於正常的情況，但是……

阿豪瞬間想到，自己身上穿的可是防水的羽絨衣啊！正常來說就算放冰塊在自己身上，也不會像這隻手一樣，立刻讓自己感受到那股冰涼的感受，恐怕就連冰塊融化了，自己也不會感到那邊有什麼異狀。因此像這樣直接感覺到對方手上的溫度，絕對不正常！

就在阿豪頭皮發麻之際，那隻手開始從肩膀向前爬上阿豪伸長的手臂。嚇傻的阿豪發現自己根本無法動彈，只能眼睜睜看著那隻手，朝著打火機爬過去。隨著那隻手爬到了阿豪的視線範圍，阿豪才看清楚，那隻爬在自己手臂上的手，沒有任何的衣物遮蔽，膚色是一片慘白。

那隻手一路爬向阿豪手中的打火機，然後就在碰到打火機的那一瞬間，阿豪在耳邊聽到了一個聲音，悠悠的說了聲：「謝謝。」

4.

坐在爸爸車子的後座，小蜜不發一語，感覺整個人就好像被掏空了一樣。

前面開車的爸爸，以及副駕駛座的媽媽，沒有多說什麼，因爲該了解的情況大概都從警方那邊得知了，現在最重要的，還是先把寶貝女兒帶回家，至於後面要怎麼處理，是不是該找個心理醫生或者讓學校的輔導老師介入輔導，都有待兩夫妻好好討論之後，才能做出結論。

現在的兩夫妻只慶幸自己的女兒能夠毫髮無傷，只是未來他們恐怕不會再敢讓女兒去爬山了。

三人回到家已經是晚上，媽媽讓小蜜快點去休息，有什麼事情，明天再說。

經過了這幾天的奔波，小蜜也眞的累了，她回到房間，直奔浴室打算趕快洗澡睡覺。

雖然說小蜜已經盡可能不去想這起事件，但是阿豪那詭異的身影，還深深烙印在小蜜的心中，隨著蓮蓬頭的水由上往下淋，情緒也跟著泛起了一陣陣漣漪。

曾經聽幾個身邊的人說過，阿豪似乎暗戀著自己，但是小蜜本身卻沒有什麼太多的想法。

如今想起來，還眞的有種說不出的難受，阿豪會不會就是爲了在自己面前表現勇敢的一面，才會硬是要出去證明呢？

一想到這裡，小蜜的內心就一陣悶痛，如果當時的自己可以更強硬一點阻止阿豪，會不會今天結果就不一樣了？

這樣的想法折磨著小蜜，讓她忍不住又在浴室哭了起來。

在爲阿豪難過了一會之後，小蜜好不容易恢復一點平靜，趁機趕快洗完澡，然後走出浴室，打算好好睡個一覺。

回到房間，頓時變得安靜的環境，又讓她內心有種難以形容的感受。

一直到現在，她還覺得這一切彷彿都是一場夢，阿豪根本沒有死。

但是昨天晚上阿豪那詭異的背影，卻怎麼樣都沒有辦法抹去。

只是有別於剛剛洗澡的時候，現在心情平靜下來，反而讓小蜜覺得越想越奇怪。因爲她還是不明白，爲什麼阿豪會在靠近涼亭時突然大聲尖叫，然後不顧一切的跑走？如果說是看到或聽到什麼，不是應該要快點跑回小屋跟大家會合嗎？

對此，阿彬認爲他可能一開始是想要嚇我們，結果跑太遠出了意外。

可是仔細想一下，就知道這不太可能，因爲嚇我們的辦法眞的很多，光是那個時間點與氣氛，他不發一語直接躺在地上，絕對就可以讓在小屋裡面的我們一陣驚慌了，說不定還需要透過抽籤才能決定由誰出來查看他。

果然，還是跟阿杰說的一樣，他眞的……撞邪了？因爲鐵齒的關係，惹惱了好兄弟，所以才會遭遇不測？

除此之外，最讓大家在意的，就是那句話到底是誰說的？要他去涼亭證明自己的那句話。所有人都確實聽到那句話，但是卻沒有任何人可以確定這句話是誰說的。每個人都指向不同的方向，甚至連聲音是男是女都很模糊。這實在是太詭異了……

想到這裡，讓小蜜感覺到一陣毛骨悚然，她不想再想這些，經過了一晚的折騰，現在的她只想要好好睡一覺。

她坐到床上，拿起手機，結果就看到了一封未讀的訊息，看時間應該是剛剛自己在洗澡的時候傳來的。

小蜜點開來看，傳訊息來的是小卉，問自己在不在。

小蜜回了訊息，過了一會之後，手機輕輕的震動了幾下，在發出鈴聲之前，就被小蜜接了起來。

「小蜜，我好怕喔！」小卉的聲音聽起來有點無助：「妳呢？還好嗎？」

「比起怕，我還是不太相信，阿豪就這樣……」

兩人沉默了一會。

「我覺得，」小卉說：「我今天晚上一定會做惡夢，然後就想到了會不會跟阿彬說的那樣，夢到有人跟我借火。」

「這我倒沒有那麼害怕。」小蜜說。

「爲什麼？」

「因爲我不抽菸啊。」小蜜回得理所當然。

「嗯？我也不抽菸啊。」電話那頭的小卉愣了一下回答。

「所以如果夢中有人跟我借火，我一定沒得借。」小蜜說。

「對喔，妳說得也有道理。」小卉有點釋懷，不過仍然可以感受到語氣裡面的不安。

只是在這種超乎科學常識的事件中講邏輯，本身就是一件很不符合邏輯的事情。因此即便兩人都不抽菸，還是讓小卉覺得有點怕怕的。說穿了，不是借不借的問題，而是光是看到鬼這件事情，就已經夠嚇人了。

「我到現在還一直想到阿豪最後的樣子。」小卉說。

「我也是，」小蜜說：「我忍不住一直想，如果阿豪他最後沒有拿打火機出來，會不會……可是我不懂他無緣無故幹嘛拿打火機出來，爲什麼要那麼不信邪呢？」

「……可能眞的想要在妳面前表現勇敢的一面吧。」小卉說。

「唉，別說這個。」這個可能性讓小蜜感到心煩。

「嗯，抱歉。」

「不會啦。」

「蜜，妳可以陪我嗎？至少到睡覺前。」

「嗯。」

接下來兩人改變話題，就這樣聊到快睡著，然後掛上電話之後，小蜜立刻倒頭就睡。

經過了一天的奔波與驚嚇，其實小蜜等人的體力早就透支了，所以幾乎是一掛上電話，閉上眼睛不到幾分鐘的時間，就沉沉睡去……

小蜜很快就發出鼾聲，窗外是一片漆黑，隨著時間流逝，窗外開始光亮了起來，陽光透著窗戶，投射在床前的地板上。

床上的小蜜依然熟睡，只是額頭上的汗水與緊皺的眉頭，顯示著這一覺並不安穩。

這時熟睡中的小蜜突然大叫一聲，整個人幾乎從床上跳起來，她一臉驚恐至極，猛然看著四周，雖然已經確定剛剛的一切都只是一場夢，但是小蜜還是沒辦法讓自己的恐懼緩和下來，狂跳的心臟也沒有半點緩和的跡象。

她呼吸急促，看了一下時間，已經是早上九點多，即便是外面透進來的陽光，也沒辦法安撫她不安至極的情緒。

她抓起手機，正準備打電話給小卉，將這一切告訴她，結果手機一拿起來，頓時就響了起來，這巧合讓小蜜差點嚇到連手機都掉在地上。

她接起電話，打來的正是她準備打出去的對象，小蜜這邊還沒有開口，就聽到電話那頭傳來小卉歇斯底里的叫聲。

「我夢到了！有人跟我借火！結果我在夢裡面真的借給他了！」

小蜜倒吸一口氣，因爲這也正是她從睡夢中驚醒過來的原因，她也夢到了一個女人跟自己借火。詭異的是，明明沒有抽菸習慣，而且身上也不曾攜帶過打火機的自己，竟然毫不猶豫的將手伸出去，將不知道打哪裡冒出來的打火機借給了對方。對方接過之後，點起了菸，嘴角露出一抹鬼魅般的笑，對自己說：「這樣，妳就借我一把火了。」

在聽到了小卉邊哭邊說的夢境之後，小蜜先是安撫了一下對方，然後才將恐怖的事實眞相告訴了小卉。

「事實上……我也夢到了一模一樣的情況。」

這恐怖的消息透過了手機，傳到了小卉的耳中。

「怎麼辦？」小卉以近乎歇斯底里的吼叫來回應這個恐怖的訊息：「爲什麼？我們明明都不吸菸，爲什麼我們會借？」

對於這個問題，小蜜也沒有答案，只知道這個巧合眞的太過於詭異了。

如果只有自己，或許還能夠說日有所思、夜有所夢，但是兩個人都這樣，實在很詭異。最重要的是，兩人都還在夢中做出了異於日常的舉動，紛紛都借出了火。

小蜜非常清楚的記得，那時候在夢中的自己，還想著絕對不能借，借了會出事，結果夢中的自己卻完全違背了自己的想法，大方將火借了出去。

或許，打從那些鬼魂跑到自己夢裡的那一刻開始，自己根本就沒有任何「選擇」的權利。

不過靠兩人在這邊互相哭訴，也解決不了事情，所以最後兩人決定先跟其他人說，於是兩人分別打了幾通電話給那天一起登山的人。

不問還好，結果一問之下，得到的結果讓人十分絕望與恐懼。

——當晚，所有人都夢到了一樣的情況。

5.

在校門口，阿杰將所有人集合起來，然後開始分發自己剛剛拿到的護身符。

「你們一個人拿兩個，」阿杰將手上的護身符交到了大家手上：「這兩天先用這個擋一擋，記得絕對不能離身，就連洗澡都要掛著，還要小心不要弄濕，不然裡面的符濕了就沒用了。」

在知道大家都做了相同的夢之後，五人都已經沒有半點懷疑，確認自己絕對惹到了不乾淨的東西。

在一陣慌亂與驚恐的討論之後，阿杰想到了自己的表哥在廟裡當乩童，聽說對這方面很有一套，所以阿杰決定代表大家，去向表哥求救，看看有沒有辦法解決這個問題。

而這些護身符，就是阿杰帶回來的「成果」。

「就這樣？」阿彬看著手上的護身符，不免有點失望：「沒有別的東西？」

「而且連洗澡都要帶著？還不能弄濕，不會太難了嗎？」小卉也跟著抗議。

「我表哥說，」阿杰說：「這情況很特殊，他晚上會跟師父討論看看，這一、兩天會給我答案，但是擔心我們沒處理，會繼續被那些……所以給了我這些護身符，要我們先撐過這兩天，給他一點時間。」

由於時間已經晚了，大家也沒多說什麼，至少有比沒有好，各自拿了護身符之後，就踏上回家的路。

回到家後沒多久，眾人就接到了阿杰的訊息，表示明天下午他表哥要跟大家見面，於是眾人便約在學校附近一家他們常常聚集的咖啡廳。

或許真的是護身符起了作用，當晚所有人都沒有人再夢到借火的夢。

第二天，小蜜照著約定的時間來到了咖啡廳，大部分的人都已經到了，只差阿杰與他的表哥。

小蜜才剛坐下，小卉就好像告狀一樣舉起了手，手臂上有一圈用紗布包起來的地方，對小蜜哭訴：「妳看。」

「妳還好吧？」小蜜一臉擔憂的問。

「我去撞到了鐵箱，當場就血流如注，那鐵箱放在那邊幾十年了，我從來不曾撞到過……」

雖然小卉沒有明說，不過大家都知道小卉想說什麼，只是這樣的意外，是不是眞的因爲被人借火，沒辦法有明確的證據，因此也只能安慰小卉，要她出入小心點。

這時阿杰也走進了咖啡廳，眼看只有他一個人進來，阿彬便問：「你表哥呢？」

「我們各自來的，」阿杰說：「他應該等等就會到了。」

由於前一天阿杰把符交給眾人時，已經有點晚了，所以當時也沒有多說什麼，現在好不容易大家又聚在一起，加上還要等阿杰的表哥，所以大家就想問清楚，阿杰表哥說了什麼，大家面對的又是什麼狀況。

「唉，」阿杰說：「在說這個之前，你們護身符都有帶吧？拿出來看看。」

大家點了點頭，畢竟昨天阿杰就已經交代了，不管到哪裡都需要隨身攜帶，所以大家都有帶在身上，大家紛紛將護身符拿出來。

「你們看一下裡面的符。」阿杰說。

眾人依言將護身符的袋子打開，結果很快就聽到了小蜜倒抽一口氣的聲音。

小蜜將護身符的袋子倒過來，將裡面的符，或者應該說是剩餘的部分給倒出來。原本應該是黃紙的符，現在變成了一堆灰燼，感覺就好像被人燒過一樣。

其他人見了，紛紛檢查自己的符，結果大家其中一個護身符都跟小蜜一樣，變成了一堆灰燼，小卉更慘，兩個護身符都變成了灰燼。

「我表哥有說，」看到這個結果，阿杰解釋：「符變成這樣，就代表那些東西來找過你們了，符代替你們化解了一次危機，這就是爲什麼我們可能會需要很多護身符的原因。」

阿杰說完之後，從袋子裡面倒出一堆護身符，大家見了立刻伸手就抓，很快就把護身符一掃而空。

「不用擔心不夠，」阿杰說：「如果有需要我可以隨時跟我表哥拿。」

「啊！」小蜜這時突然想到小卉的傷：「小卉妳會不會就是因爲兩個護身符都毀了，所以才會……」

聽到小蜜這麼說，小卉哭喪著臉埋怨：「昨天就應該多給我幾個。」

「昨天數量不夠，」阿杰無奈的說：「這一堆還是我表哥他們昨天緊急去跟其他家廟調來的，接下來應該就不會有問題了。」

當然現在說這些已經於事無補，因此眾人也只能先將護身符收起來。

等到大家都收拾好了之後，阿杰才開始說自己昨天跟表哥討論的情況。

「爲了這件事情，」阿杰沉著臉說：「我表哥把我罵到臭頭，我這輩子還沒有看過我表哥這麼生氣過。不過生氣歸生氣，他還盡可能把我們遇到的這個情況解釋得很清楚。他說的是比較……該怎麼說文謅謅啦，就是常常說一些比較艱澀的俚語或者是文章之類的，我沒辦法記得，不過因爲他有跟我解釋，所以我是可以理解，那我就用我理解的情況跟你們說。」

眾人點了點頭，讓阿杰繼續說下去。

「他的意思是說，」阿杰說：「我們到陽氣本來就比較薄弱的荒郊野外，基本上本來就有可能吸引一些好兄弟，因爲陰盛陽衰嘛。在沒有其他比較特殊的保護之下，能夠保護我們的，就是我們身上的三把火。有這三把火，這些好兄弟就沒辦法對我們出手，甚至連靠近都不行。我們常常算命說什麼八字重，其實也跟三把火有關，八字重的人，這三把火就比較旺盛。」

所有人都專心聽著阿杰解釋，就連上課都不曾這麼認眞過。

「然而就算每個人身上的三把火強弱不同，」阿杰接著說：「但是基本上都還是能夠保護我們，提供我們最基本的保護力。所以就算我們登山，附近人煙稀少，聚集了一些好兄弟也沒什麼大礙，但是如果在這個時候，做了一些會讓自己陽火受損的事情，那就有點危險了……」

「像是什麼？」雖然嘴巴這麼問，但是阿彬心中大概也有了一些答案。

「例如，一些我們知道的，像是亂叫人家的名字讓人回頭啦，或者是……」

阿杰望向阿彬：「說跟那些好兄弟有關的故事。」

阿彬低下了頭，避開了阿杰的目光。

「然後還有更糟糕的是，」阿杰說：「犯了一些禁忌或者是說些挑釁好兄弟們的話。」

「所以阿豪才會……」小卉問。

「是的，我表哥是這麼解讀的，」阿杰點了點頭說：「本來已經吸引很多好兄弟了，偏偏他還選擇在這個時候犯那些禁忌，結果自然凶多吉少，唉。」

隨著阿杰的嘆氣，眾人也紛紛低下了頭，彷彿在悼念著阿豪。

「還有另外一件事情，」阿杰說：「是我們犯下更嚴重的錯，讓事情可能變得一發不可收拾。」

眾人抬起頭來，再度看向阿杰。

「我表哥說，」阿杰說：「所有的好兄弟都是單獨的個體，這就是為什麼有些好兄弟很凶，有些比較無害。大部分的情況下，在成為好兄弟的當下，就已經大致上決定了這些好兄弟的力量。好兄弟們基本上完全不會交流，更沒有什麼好兄弟學院去教他們怎麼成為好兄弟，或者是谷歌可以讓他們搜尋怎麼做。」

所有人這時聽到都一臉茫然，不知道這跟大家現在遇到的情況有什麼關係。

「而我們最糟糕的地方是，」阿杰停頓了一下接著說：「我們就好像老師一樣，把一個很恐怖的方法，傳授給了那些聚集而來的鬼魂。」

所有人聽到了，頓時臉色都變得一片慘白，一起轉頭看向了阿彬。

「這……」就連阿彬本人也是一臉意外。

「所以你的意思是，」小蜜還是有點難以置信：「就是因為阿彬說了那個借火的事情，讓他們知道可以來跟我們借火？」

「是。」

這種說法，眾人真的是第一次聽說，當然也知道這不能怪阿彬，畢竟打從一開始，阿彬也不見得會說，也是大家問了他才說的。

「就是因為這些事情，我才被我表哥罵到臭頭。」阿杰搔了搔頭說。

「都已經那麼慘了，你表哥還要罵人，不會太殘忍了嗎？」小卉說。

「去！他沒在管這個的，光是罵我們說好兄弟的故事，就讓我聽過史上最長的髒話了，好像說這種故事是什麼十惡不赦的事情。」

「那也太誇張，到處都有人說不是嗎？」小卉辯解。

「……當然主要還是因爲我們在山上說。」阿杰搖搖頭說。

對於這點大家倒是沒有什麼可以辯駁的地方。

「而且他還特別強調，不是講那種故事不行，」阿杰無奈的說：「而是我們不應該講到『ㄍ』開頭的那個字，那會吸引更多好兄弟過來。」

眾人愣了一下，所謂的ㄍ開頭的那個字，指的當然就是「鬼」，但是這是什麼說法，講鬼故事不能提到鬼這個字，不會太奇怪了嗎？

「不是啊，你表哥不會太強人所難了嗎？」阿彬搖搖頭：「講那種故事是要怎樣不講到那個字啦？不然用『好兄弟』行嗎？」

「好兄弟勉強可以，」阿杰點點頭說：「不過因爲長年大家都使用的關係，有些好兄弟早就知道什麼意思，所以跟直接講那個字差不多。最保險的方法就是連好兄弟都不要用。至於你說不說那個字要怎麼說，當時的我也問了，結果他說他師父跟他說，可以用動物或者是物品代替。」

「啊？」

「我表哥有示範給我看，」阿杰一臉認眞的說：「就是例如人變成小白兔，好兄弟變成老虎或者是土撥鼠。」

「這什麼鬼啊？」小卉說，結果因爲又提到了那個字，而遭大家側目。

「這還會恐怖嗎？」

「其實還是會，」阿杰苦笑的說：「就變成說，小白兔在床上安穩的睡著，突然感覺到什麼，猛然張開雙眼，就看到老虎站在她的床邊，張開他的血盆大口，一樣有效果吧？」

眾人聽了都是一愣，因爲阿杰說得繪聲繪影之外，而且就內容來說，還是挺有畫面的。

「老虎我還勉強接受，土撥鼠是什麼啦？」小卉沒好氣的說。

「就是那種會在地上鑽洞……」

「我知道土撥鼠！我是說好兄弟變成土撥鼠是哪招？一點也不恐怖啊！」

其他人也點頭附和。

「怎麼會？」阿杰攤開雙手說：「一樣的小白兔，躺在床上睡，突然聽到了詭異的聲音，張開眼睛朝聲音的方向一看，只見土撥鼠正在啃咬著自己媽媽的頭。」

所有人聽到阿杰說的，瞬間也都愣住了。

「昨天我表哥就這樣說的……」阿杰一臉無奈。

這樣另類的鬼故事說法，確實讓在場的人有種好氣又好笑，更不知道該怎麼反駁的感受。

「你表哥……」阿彬點著頭，臉上勉強擠出一抹笑容說：「是個人才。」

「我覺得乾脆點還是以後都別說會比較實在。」小蜜下了這樣的結論。

雖然說這個鬼故事的另類說法，沒有爲眾人提供任何實質的幫助，但是經過這樣的閒聊，也確實讓眾人暫時從那恐怖的情況中解脫。

有那麼一瞬間，大家彷彿眞的忘了那個恐怖的惡夢，回復到了正常的生活般，大家一起講幹話，忘記了眾人現在所面臨的問題。畢竟可能會死的壓力對這些大學生來說，還是太過於沉重了。畢竟對他們來說，那還是很遙遠的事情。

這時，阿杰的手機響起，他看了一下之後，對大家說了一句：「我表哥。」

然後將電話接起來。

頓時，眾人了臉色一沉，剛剛歡樂的氣氛瞬間煙消雲散，彷彿不曾存在過。

所有人不發一語，凝視著阿杰，只見他頻頻點頭，臉色顯得十分凝重，好像有什麼很不好的事情。雖然只過了一會，但是眾人卻覺得好像過了好幾天一樣，阿杰終於掛上了電話。

所有人就好像在等待著放榜一樣，等待著阿杰開口。

「我表哥，」阿杰搖搖頭說：「也遇到了。」

聽到阿杰這麼說，小蜜率先倒抽了一口氣。

「他之所以沒來，」阿杰接著說：「就是因爲這件事情，今天早上就是因爲夢到有人跟他借火，他整個被嚇醒。他知道情況不妙，可能不是他能處理的，所以立刻南下去找他的師父，在把事情跟師父說了一遍之後，師父的說法跟他先前說的差不多。」

「那有說要怎麼處理嗎？」阿彬問。

阿杰淡淡的點了點頭，然後眼神凝重一一掃過在場的眾人。

「接下來你們要聽清楚了，」阿彬沉著臉說：「這件事情可大可小，我表哥要我們自己商量清楚，眼前兩條路給我們自己選。」

所有人點了點頭，全神貫注的聽著阿杰說的話。

「就跟剛剛說的一樣，我們在山上聽了那個故事的時候，」阿杰看著阿彬說：「聽的不只有我們，聚集在我們身邊的那些好兄弟也聽到了，那些好兄弟知道辦法後，就纏上了我們。雖然我們拿了護身符，不過這只是治標，沒辦法治本。那些知道辦法的好兄弟，跟了解故事的我們，有了密不可分的關聯，所以他們這輩子恐怕都不會放過我們。」

聽到阿杰這麼說，等於宣判了眾人的死刑，所有人的臉色都難看到了極點，尤其是兩個女生幾乎都快要哭出來了。

「所以我們可能這輩子都得定期到廟裡唸經，」阿杰搖搖頭說：「還要隨身攜帶護身符，我表哥說了，就連洗澡都得叼著，不然就是在廁所貼符，只要讓他們有機可趁，雖然當下可能沒發生什麼，但是難保晚上睡覺時，他們又會跑到夢裡跟我們借火。如果被他們借到兩把火，我們就會跟阿彬他高中同學一樣，重病或者意外身亡。」

這樣的人生，會是什麼悲慘的模樣啊？眾人實在難以想像，類似這樣的生活，還得一直持續下去，甚至是一輩子。現在或許還好，未來有那麼多變數，難不成連結婚生子都還得要這樣一直持續下去？這樣的生活自己眞的受得了嗎？

類似這樣的想法，幾乎都在眾人的腦中浮現，所有人都在自問，自己眞的可以受得了嗎？

「不是說選擇嗎？沒有別條路了嗎？」感到絕望的阿彬問。

「有，」阿杰嘆了口氣說：「不過這條可能有點……」

所有人聽了，紛紛望向阿杰，那眼神就好像漂浮在大海中，看到了一根浮木一樣。

「我們之所以會被那些好兄弟盯上，」阿杰解釋道：「是因爲我們聽過那個故事，我表哥說這件事情很重要，因爲那等於開了一條特別的路給那些好兄弟，這也是他們『只』纏著我們的主因。」

聽到阿杰這麼說，所有人不約而同的瞪向阿彬，那眼神凶狠至極，彷彿隨時都會上前圍毆他一樣，讓阿彬也只能羞愧的低著頭。

「我們跟阿彬的同學不一樣，」阿杰說：「他是因爲踩到了那個鬼魂的血肉，我們完全是因爲這個借火的故事，才會開這扇特別的門，這樣你們懂了嗎？」

阿彬聽了抬起頭來，仰望著天花板，過了一會之後說道：「……懂了。」

「嗯。」阿杰點點頭，臉色也一樣凝重。

「我不懂。」小蜜搖搖頭，其他幾個也希望阿杰解釋得更清楚，看著阿杰。

「那些好兄弟只能對我們這些聽過故事的人下手，」阿杰說：「所以如果想要讓這些好兄弟離開我們，就必須讓『我們』這個母體變大，只要變大，那些好兄弟就有更多目標，不一定只能纏著我們。」

「……所以就是讓這個借火的故事一傳十、十傳百。」阿彬補充道。

這下在場的眾人都了解了，這個所謂的辦法是什麼了。

「一個人有三把火，」阿杰用手比了三說：「雖然不知道那天我們惹到的好兄弟有多少，很可能多到我們每個人三把火都被借光了，還滿足不了他們。但是這個辦法可以大量增加可以借火的人數，只要人數夠多，說不定大家只要犧牲一把火，就可以滿足那些好兄弟了，甚至有些人根本不會受到影響，不是嗎？」

雖然阿杰這麼說，不過大家臉色還是很凝重，因爲正常來說會聽自己好好說這個故事的人，多半都是自己的親朋好友，然而在說出這個故事的同時，就等於害了自己的親朋好友，這頓時讓大家有點猶豫。

「其實不一定要找朋友啊！」阿彬說：「看有沒有什麼說鬼故事大賽之類的，或者在網路上發表，一定有很多方法可行。」

「只要我們大家願意，一起……度過這個難關。」

阿杰說完之後，伸出了手，似乎在尋求其他人的認同，阿彬第一個握住了阿杰的手，畢竟他已經害了大家一次，現在他覺得自己有責任幫助大家擺脫這個困境。

過了一會之後，小蜜也伸出了手，疊在阿彬的手上，然後大家一個接著一個，就好像準備要比賽一起打氣加油一樣。

於是，他們有了最後的結果。

那天，爲了生存，他們下定決心，要讓這個故事傳出去。

爲了減輕自己的內疚，他們不斷告訴自己，只有這樣才能夠拯救自己的命，釋放自己的未來。

換作是你們，也會這麼做吧？對吧？

第四篇

滅火

等箐

1.

叮，門口風鈴響了。

「いらっしゃいませ！」店內所有的服務人員已經養成了一聽到鈴聲就喊歡迎光臨的習慣，還得朝氣十足。

今天負責外場的是千慧，但是她此刻站在出餐口附近，有點失神。

「喂，千慧。」我忍不住湊了過去，「妳是怎樣？」

「啊？啊？什麼？」

「還什麼咧，妳在恍神耶！」我用肩頭輕輕撞了她一下，直接端了兩杯水走向剛剛進入的客人。

空氣中瀰漫著迷人香氣，我現在在日式串燒店裡打工，每天流口水的工作，但來這邊工作這麼久，還沒吃到一串正式的串烤過。

遞上水、向客人解釋用餐方式後，我就先去忙，沒忘記拍拍千慧，等等留意客人點餐，那區是她負責的桌次啊。

趁機到後場去，瞄了一圈，發現老弟居然不在，他今天負責在後場傳菜啊，怎麼會不見人咧？

「喂，唐玄霖呢？」我小聲的問著同事士行。

「嗯？我不知道耶！」他左右看了看，「我剛剛還看見他在這裡的，會不會出去幫忙買東西了？」

「買東西？」這更莫名其妙了，這間店可不是隨便能有個人時間的好嗎！更別說現在是用餐高峰期啊！

士行沒說話，就用眼神往外一瞄……我順著他看過去的方向，是店裡的員工休息室外加辦公室。

喔，老闆來了！我沒好氣的扯了扯嘴角，士行這時擺擺手，「妳沒事的話幫我們把垃圾先收一波出去，沒位子了。」

「我看起來像沒事嗎？」但我還是往垃圾桶那邊走去。

能出去透透氣也好，重點是我要看老弟是跑去哪兒了。

先幫忙把垃圾打包起來，我從後門走出往右，子母車在巷子中，往右後我得走個幾十步；餐廳後巷非常的暗且窄小，因爲這裡除了員工外不太會有人走，對面也都是隔壁餐廳的後門，整條街共用一批垃圾子母車，因爲屬防火巷道，根本不會有人走，能有兩、三盞路燈就不錯了。

我動作刻意放慢了點，想趁機看看老弟回來了沒。

我們店在這條巷的第六間，位在倒數第二間了，我丟完垃圾，看見別家有人抽空抽菸，眞的是抽空，在尖峰時間非出來不可，鐵定是菸癮犯了，他們大口大口拼命的吸著，橘色的火光在黑暗中顯得異常亮眼……菸很貴啊，不抽完是眞浪費。

「嘿！串燒的！」看制服大家都能知道哪間店。

「嗨！CIAO的！」那間是賣義大利麵的，「抽慢一點啊，我看著你抽都覺會氣喘。」

「裡面現在跟戰場一樣，我不抽快點等等被罵。」他笑得無奈，「妳怎麼這時跑出來？」

「先丟一批垃圾。」我分心的朝巷口看。

「等人？」對方皺了眉，「誰會從這裡走？」

「我同事剛被派出來買東西，我覺得有點久，想說順便等一下。」

義大利麵店的，員工沒說話，又抽了口菸，橘色光點變大……再消暗，看來是抽完了，他扔下菸蒂踩熄後，閃身往他的店裡去。

不過就一秒，他停了住。

「喂，沒事別走這裡。」他回頭說著，「出去買東西就走大馬路，靠邊走，少往下走。」

我望著他那半正經半開玩笑的神情，看著他手指著的方向，是從後巷走出後再左轉的方位，同樣都是街道馬路，哪兒有不同？但這一兩年來遇過太多事情了，我現在對於這種「勸告」，都會心懷感激並提高警覺。

「我知道了，謝謝。」

他搖手示意，轉身進入了他家餐廳裡，當我正首那刻，看著老弟就從他剛指的方向轉了進來。

他一進來就看見我了，小跑步的奔來，「妳怎麼在這裡？」

「倒垃圾，順便看你去哪裡鬼混了。」我看著他手裡拎著的飲料，「你去買飲料？唐玄霖，你居然沒問我？」

出巷後左拐的確就有一間飲料店，但沒很好喝啊！

「這老闆的女朋友要的啦！」他萬分不情願，「我眞問妳，妳也沒膽子點！」又來！「有完沒完啊，我們又不是她私人員工！每次來都叫我們去買這個買那個兼打雜！」

「就老闆許的啊！他也在，一人一杯。」唐玄霖舉起袋子，果然是兩杯。

深呼吸、深呼吸……要平心靜氣，生氣是沒有用的！老媽說了，爛老闆就是讓人吃苦當吃補的，只要能捱過去，以後遇到什麼樣的公司、同事、老闆都沒有問題了！

我們兩個加快腳步衝回店裡，我之所以如此不平是因爲：我們店的員工已經很少了，遇缺從不補，在老闆不願意增加人數的前提下，每次跟女朋友來還總是派外務給我們，只會讓店內的量能雪上加霜！

果不其然，我們一回店裡，士行就求救似的哀號：「快點啊！火燒眉毛了！」

我即刻衝到前面去，送餐檯擠成一團就算了，店內竟有咆哮聲，剛剛進來那桌客人，正指著千慧劈頭蓋臉的罵，店長也在一旁安撫。

「眞的很抱歉，我們立刻幫您處理。」

「處理什麼啊？妳處理得了嗎？」女性客人氣急敗壞的吼著，「妳知道這件衣服多少錢嗎？還有這個包！」

「我們願意付清潔費，我們可以先平心靜氣的談嗎？」我們店長是個三十多歲的長輩，爲人溫和婉轉。

「清潔？這是全新的，我才剛買爲什麼要送洗？洗不好怎麼辦？」

喔喔，我聽出大概了，趕緊找同事問事發情況！原來千慧送酒不小心把整杯酒弄倒，灑在女客人的身上，偏偏名牌包就擱在腿上，一瞬間衣服跟包全部中獎。

「千慧怎麼又這樣！」這不是千慧頭一遭出狀況了，這陣子她總是心不在焉，頻頻出錯！

士行也很無奈，她眞的最近一直出錯，大家幫她cover到都累了！雖然每個人總會有發生狀況的時候，但上班時就是要打起十二萬分的精神啊！不然像現在出事了能怎麼辦？就是弄倒了酒，客人的衣物也的確要送洗，這事閃不掉的。

只見千慧拼命道歉，偏偏又剛好遇到得理不饒人的客人，氣得拼命罵，言下之意她不願意接受乾洗，她要把弄髒的包跟衣服給千慧自己處理，讓千慧賠她全新的。

但說眞的啦，我們這些旁觀者都是說風涼話，要是我的東西被汙染到，我也火大啊！

「小姐，我們做人做事要合理，發生這種事大家都不樂見，但既已發生就處理爲先！這些眞的乾洗就能處理好，她就一個計時工，怎麼賠得起？」店長溫柔帶著嚴厲，「當然有可能洗不好，但也是得等到眞的發生了，我們再來進行下一步對吧？」

「下一步？你當我傻嗎？到那時這女的就離職了，你們店裡來個一問三不知，那我找誰去？」女客人轉頭看向男友，「報警，直接用公權力，少在那邊跟我浪費時間。」

「不不……」千慧當場哭了出來，竟瞬間跪下，「我求求妳不要這樣，妳就放過我吧！我眞的會負責的，我會拿去送洗！」

這一跪一哭，全場嘩然，部分客人像是也看不下去了。

「你們不要這樣吧，欺負一個女孩子也沒用啊！就看一下乾洗多少錢，和解一下就好了。」

「對啊，眞的這麼有錢的話，也不一定要跟她計較吧？」

哇，我看著說話的客人，這眞的標準站著說話不腰疼耶，又不是弄壞他的東西，他可以算了，沒道理要別人跟他一起吧。

「道德綁架大型現場。」

耳邊傳來老弟的低語，我嘖了聲一個肘擊向後，有些事知道就好，別開口啊。

現場變得很混亂，幫腔的客人你一言我一語的指責受害的客人，受害客人便惱羞成怒的開始互嗆，千慧哭天搶地，有人還拿出手機錄影，店長好言相勸，場面只有鬧得更大……我看著廚房旁的辦公室門口，門至今都沒開，裡面有監控，老闆不可能看不到。

今晚生意眼看著就不必做了，等等老闆一生氣，連店長都會掃到颱風尾！

「你去！」我看著狀況不好，冷不防把老弟推出去。

「我……」老弟還沒反應過來……我當然不會讓他反應過來啊，直接一把推出去。

就見老弟突兀的踉蹌撲前，瞬間引起所有人的注意，至少受害客人是面對著他的，我老弟特色優點很多，其中一個是長得不錯。

正激動的女客人幾乎是與老弟一對上眼，立即從潑婦罵街變成溫柔小女人，連舉起的手都放下了。

「抱歉，我非常明白您的心理，喜歡的東西被弄髒真的會很生氣，而且還可能很難洗掉！」老弟幾乎是一秒就開口了，「我們同事一直是個很負責任的人，我相信她也不是故意的，就是最近有事情過度疲累才會分神，我想大家都希望事情能解決，心平氣和的談談好嗎？」

「談什麼東西啊？我女朋——」男友怒氣沖沖的才開口，女友即刻上前把他指向老弟的手壓下來。

「好了啦！他說的也有道理，我們吵下去也不能解決事情啊！你說吧！」

老弟趕緊把千慧拉起來，這時又跪又哭只會顯得矯情外加情緒勒索，犯錯就是趕緊表現誠意，補償就好！

「附近就有洗衣店，我們帶著東西現在就去估價，幸好是酒，萬一是醬油那就糟了。」老弟推了一下千慧，「妳認眞跟客人道歉，大家都知道妳爸媽生病還有孩子要照顧，但不要把家裡的事帶到工作來影響大家啊！對不對，店長？」

「對，人手就不夠了，妳還添亂？好好跟客人道歉。」店長領會得很快，一起面對客人。

我們幾個員工這時趕緊上前，同時朝著女客人鞠躬，「對不起。」

女客人的臉色絕對不會太好看，老弟其實也是在進行情緒勒索，只是用另一種方式而已，至少千慧父母生病的事，是植入客人的心了。

「有夠倒楣！」女客人深吸了一口氣，「好，現在去估價，但是如果洗不好，休想我會就這麼算了。」

「謝謝！謝謝！」千慧都已經哭得泣不成聲了。

「你陪我們去估價吧。」女客人瞥向老弟，再指向店長，「還有你。」

不到兩分鐘，店裡恢復了寧靜，店長跟老弟，帶著千慧與客人離開，我們剩下的服務人員，就得打起精神，先跟未離席的客人一一道歉了！

「真的非常抱歉，剛剛發生的事影響您的用餐，這是招待的。」我們端上後廚準備的招待菜，其實是簡單雞皮串，但這講究的是一個奇檬子嘛。

招待的餐送上了，客人就會很開心，只要客人開心，客訴上就會手下留情了。

「欸，小羽，妳怎麼知道推阿霖出去對方會ＯＫ？」博仁忍不住問我了，還給我塊烤香菇碎渣吃。

「因為他帥。」我聳了聳肩，有時候理由不必太強。

老弟口才挺好的，冷靜聰明反應快又機車，擅長把黑的說成白的，但這些都沒有顏値重要啊！想想有兩位口才同樣流利的人，一個帥哥一個普男，誰會比較討喜？外表眞的不是一切，但沒有外表，誰還看你內在啊！

博仁嗤了一聲，笑得無奈但也無從反駁。

「是是是，這倒眞的是重點。」他豎起大姆指，將烤物擱上盤子，順手再按出餐鈴，叮。

軋——刺耳的煞車聲同時傳來，我嚇得顫了身子回頭往大門的方向望去，這聲音聽起來極度駭人，長音且尖銳，聽起來就在附近而已。

「聽到了嗎？」我僵硬的望著門口，「那個……」

「什麼？」博仁敲敲桌面，「妳才聽到了沒咧，出餐啊！」

咦？我錯愕正首，看著博仁回到烤檯前，端過餐時仔細觀察四周，大家都沒有什麼變化，從容的吃飯聊天，照理說如果剛剛眞的有可怕的煞車聲，絕對會引起大家的好奇心，停止用餐的吧？

我壓下心中的不安，可惡！該不會又只有我聽見了吧？

送上餐點，我的微笑擠得超痛苦，覺得嘴角的肌肉都在抖了！聯想到一小時前在後巷聽到的警告，我該不會就因爲去丟個垃圾，又惹上什麼亂七八糟的事情了吧？

「不要鬧喔！」我低下頭，像是在對自己說話，「我這人與世無爭，不想沒事找事。」

叮的一聲又嚇我一跳，我倏而抬頭瞪向裡面的博仁，結果他眼睛瞪得比我還大。

「怎麼換妳發呆？出餐啦！」

「誰發呆啊！」我咕噥著，別把我跟千慧混爲一談，我只是被一點小事分心，千慧的狀況已經持續好幾天了好嗎！

老弟跟店長他們出去的比想像的久，扣掉烤檯的博仁，外場就剩我跟士行扛著，這間店外場原本也就只有四個服務生，眞忙起來時根本疲於奔命，別說還有二樓咧！一下子少兩個就算了，老闆跟他女朋友完全沒有要出來幫忙的意思。

我受不了時，鼓起勇氣去敲門，「老闆，外面很忙，能不能出來支援一下！」

「我正在忙。」

一秒遲疑都沒有，雖說是早知道的答案，但聽起來還是令人超不爽！我跟士行兩個互相加油，讓錯誤率降到最低比效率更重要，就怕一忙起來送錯餐或是打翻東西，那更得不償失，東西要是倒了、錯了、扣的是我們的薪水好嗎！

也不知道過了多久，店長跟老弟他們總算回來了，補上了尖峰最後時刻，也算是讓我們能稍稍喘口氣；店長沒讓千慧繼續在外場幫忙，她改成負責確認訂單，避免面對客人。

說也奇怪，才剛經過了那樣的客訴紛爭，結果今晚的生意卻是這個月最好的，好到我把「休息中」的牌子翻過來時，都會有種虛脫感。

「我今天宵夜一定要加量！」我下定決心。

「麻辣燙？」老弟默默的在身後作聲，「還要加點鴨血兩份。」

我劃滿微笑，就著店裡玻璃門的倒映瞅著他，舉起右拳，老弟非常默契的與我互擊：就這麼辦！

今晚這麼累，不好好慰勞自己怎麼說得過去對吧！

「你們都過來！」

當鐵門降下一半，大家都打掃得差不多時，老闆辦公室的門終於打開了！剛剛還有點輕鬆的氣氛在老闆低沉的語調中瞬間消失，老闆的口氣絕對稱不上好。

「剛剛是怎麼回事？」

大家真的是站成一列，由老闆質問般的低吼，每個人都有點錯愕。

「剛剛……是指……」店長瞥了千慧一眼，「那件事已經處理好了，我們給乾洗店估價，他們說酒算容易清洗！所以由千慧付帳。」

「爲什麼會發生這種事？千慧！」老闆果然立刻斥責千慧，「妳已經不是新人了，爲什麼會犯這麼愚蠢的錯誤？還把酒灑到客人身上？那下次萬一是醬油呢？」

「對不起。」已經經受一整晚責備的千慧，還是只好低著頭道歉，「我就是……就是有點心不在焉。」

「有點？妳這幾天從來沒有專心過吧？最近犯了多少錯，要我一個個數嗎？」

老闆毫不客氣的說道，「妳知不知道妳的薪水表上，已經扣了多少筆？」

咦？千慧聞言，緊張的抬起頭，「扣、扣薪水？」

「廢話！妳打破東西、浪費食物，這些難道算他頭上嗎？」他，老闆指向了店長。

喔喔，我知道老闆說什麼，千慧這半個月來是有點誇張啦，打破了好幾次杯盤不說，也常點錯菜，那種都是作廢……不過，我轉了轉眼珠子，一般都是我們吃掉啊，這個食材費算在千慧頭上嗎？

「不……不行，老闆你知道我需要用錢的！我家裡眞的很有狀況！」千慧突然激動起來，「平常的薪水我都不夠用了！再扣下去的話我根本不夠，我眞的拜託……」

「那就不要犯錯啊，妳總不能一直出包，要我扛吧？」老闆也用委屈的口吻說著，「還是妳要誰幫妳扛？要誰代替妳被扣薪水？店長嗎？」

千慧顫抖著，她看著老闆的眼底帶著絕望，她當然不會希望誰代替她被扣薪水，但是我們都感覺得到，她眞的非常非常需要這筆錢。

「能分開扣嗎？我覺得千慧姐也不是故意的，就是家裡有狀況嘛！」老弟幫忙開口求情了，「老闆！眞的也不是什麼大事！」

「那扣你的好了。」老闆乾脆俐落，指向了老弟，「她遲到跟打破東西的錢，還有今晚出的事，就都你幫她出！」

咦？老弟一怔，爲什麼是他？

「喂，老闆！這不對啊，非扣不可的話，凡事講個理字的吧！可以分期付款，假設她扣一千，你就分三個月，每個月扣個三百嘛！」我不爽了，老闆現在是在鬧哪齣？

「然後她下個月就跑了，我錢找妳要嗎？」老闆微笑著，油膩得讓我想一腳踢在他臉上。

「沒……沒事！算了！」千慧趕緊握住我的手臂，「我的錯，扣就扣！老闆，不要爲難其他人！」

老闆從喉間傳來嗯哼的滿意聲，嘴角挑起毫不掩飾的微笑。

對啦，老闆的立場是沒有錯啦，千慧犯錯本來就要扛，啊是不會演一下？好歹讓大家觀感好一點啊。

「晚上的紛爭，我也必須做出懲處。」老闆下一句語出驚人，「店長，你沒有好好管理下屬，造成嚴重的糾紛，而且後續也沒在第一時間處理妥當，就扣五百吧！」

什麼！我們所有人紛紛朝著店長看去，五百塊，這是兩小時的薪水耶！

「等等等等，老闆，但店長很努力解決了啊，是客人一直咬死不放的。」士行忍不住出聲，「最後事情圓滿解決，客人也沒有離開，店裡並沒有什麼損失啊！」

「這不是損失的問題，是沒有處理好的懲罰，就算最後解決了，但事情發生後的處理並不完善，店裡吵成那樣當我瞎了嗎？」老闆口吻變得不悅，「今晚隨便兩組客人上去寫個負評，就會影響到我們的評價你們懂嗎？」

「不是啊，但這樣也……也不是店長的錯吧！」博仁也看不下去了，「大家都很努力的在解決，阿霖不是也出面了！」

「對啊！那他幫忙解決，是不是應該要加薪？」我趕緊用一樣的邏輯去討錢。

「加什麼薪，我還沒說你，唐玄霖！你出什麼頭？你這一出頭搞得三個人同時離店，外場就剩小羽跟士行，忙得過來嗎？」老闆居然直接批起老弟了，「人手少出餐就慢，翻桌率也慢，外面想吃的客人一看到客滿就不進來了！」

哇！我實在是大開眼界，什麼都有理耶！

「我們沒有延誤到什麼好嗎！是忙了點，而且我有請您出來幫個忙啊！」我不爽的睨視老闆，「你或……你朋友出來幫忙一下，我們速度不是更快？這樣翻桌率也會更高？」

老闆冷冷的看著我，老弟偷偷戳了我一下，等等老闆大概會說：那我請你們來幹嘛？

「沒事，是我沒處理好。」店長帶著淺笑，還是決定以和爲貴，吵下去誰都是輸老闆的。

老闆點個頭，又轉身進去辦公室，在門關上前我還能聽見裡面的女友N號說：拜託！他們還敢跟你討價還價喔！

我聽了握拳，多想一拳揍下去。

店內氣氛經過這輪懲處後異常低迷，大家默默的打掃，廚房裡洗膳檯的水聲淅瀝瀝，蓋掉了千慧低低的啜泣聲；這還是土行先發現的，他掃地掃到一半朝我使眼色，看著擦桌子的千慧不停抹淚，咬著的唇都在發顫。

「那大家辛苦了。」老闆終於攜著他的女友N號離開，「我先走了。」

「老闆再見。」只有店長禮貌的送他，我們有擠出微笑就已經很給面子了。

唉，吃人頭路就是這樣，我們當然都知道，但這麼爛的老闆眞的還第一次見。

「千慧啊！」老闆臨走前，還沒忘記跟千慧交代，伸手就往她肩頭去，「妳要再這樣渾渾噩噩下去喔……」

結果千慧突然用一種驚嚇的姿態，猛然向後退，甚至大喝了聲：「不要碰我！」

哇、塞！我們全都目不暇給，這是明擺著的厭惡耶，千慧膽子怎麼突然變得這麼大？

「喂，妳這態度也太差了吧！」結果老闆沒反應，他女友倒是大小聲起來了，「有必要這麼誇張嗎？搞得他想對妳做什麼一樣？」

老闆欸了聲，擋下女友。

「不是……對不起！我是因爲……」千慧下一秒打回原形般的囁嚅，「因爲我最近流年不好，師父說我的三把火只剩一把，又很微弱，所以叫我不要隨便讓人碰肩膀跟額頭。」

她說完後現場有幾秒的沉默，我跟老弟對視著，她現在是在說啥？

「三把火嗎？」店長立即反應，「為什麼剩一把？難道妳肩上的火都滅了嗎？」

「師父是這樣說的，他說我運勢很差，好像又碰到什麼不乾淨的東西，就剩下頭上的這把了，一定要小心避免碰到弄熄了！」千慧說得緊張萬分，雙手握在掃把柄上不停掐著，「我連我肩上的火何時被拍熄的都不知道，但我家最近也真的很糟糕……」

「喔，我知道，肩上兩把，頭頂一把。」士行附和了，邊說一邊指向肩頭跟頭頂，「但一般不會輕易滅掉啊，妳……有遇到什麼嗎？」

千慧搖了搖頭，「我根本沒做過什麼事，師父卻說我招惹到不乾淨的東西，或是走夜路時踩到了什麼，而且我的火不快點復燃，只會繼續時運不濟，你們看，晚上就出事了。」

嗨，我很想說句中肯的，晚上出事是因為妳心不在焉啊！不能把什麼事都怪給……玄學對吧？

可是千慧說著說著，眼看著又快哭出來了。

這時候，老闆突然一掌往她的頭頂罩了上去——咦咦咦！

剛剛她說什麼來著？某個師父是不是說，她只剩下頭上一把火，要避免碰觸，免得火又被滅了？

別說我們了，連千慧都措手不及，她呆愣錯愕的僵在原地，看著老闆，老闆此時還能露出慈藹的笑容，再搓了搓她的頭。

「妳還是好好睡覺，工作時保持專心，不要去聽那些怪力亂神的人亂說話！」老闆末了又拍拍她的肩頭，「好了！快點打掃好就回家吧！早點休息！」

然後，女友N號就這麼勾著老闆，若無其事的走出去了。

「啊啊……啊啊啊——」千慧終於回過神，尖叫的衝進洗手間，我們其他人全都傻了。

「怎麼辦？有什麼可以幫她的嗎？」我推了老弟一把，「查！」

他已經拿出手機了，店長則急急忙忙的追上前去，士行摸著口袋想找打火機，問著博仁打火機有沒有用。

「誰知道啊，肩上三把火就就就就……」博仁就半天就不出來。

「那是一種傳統習俗，人身上這三把火很重要，熄了會……」士行說到一半暗自掩嘴，「欸，老闆怎麼這麼夭壽啦！明知道她在意還往頭上拍！」

「老闆不信吧，看他那樣子就知道，拍頭就算了，還加拍肩膀。」店長無奈極了，「安慰千慧爲先喔！你們不要亂！」

店長立刻在洗手間外敲門，喊著千慧的名字。

我走回老弟身邊，見他滑手機滑半天，一臉困惑，接著抬起頭來看我。

「怎樣？有點火的方式嗎？」

「沒啊，這個習俗……很簡單啊，就是維持火不滅就好！什麼走夜路時要小心，背後有人喊名字不要回頭，否則會滅掉肩上的火。」老弟直接親身示範，「所以要轉動整個身體，這樣就不會因爲僅僅回頭滅掉肩上的火。」

我看著有點無語，「呃，所以我們轉頭會滅到自己的火？這邏輯……」

「就是這樣說的啊，應該不是每一次都會啦，這種習俗禁忌大致是講……像運勢低時，或是沾上不好的事情，或、是……」老弟意有所指的看著我，對，就是遇上好兄弟的時候。

唉，我懂，我們兩個從去年清明節開始，就一直遇到光怪陸離的事，這些事放兩年前跟我講，我一定會哈哈哈，笑著說白痴神經病。

但當自己遇過好兄弟、連魔物這種等級都看過後，就絕對不會輕忽了。

「剛剛千慧說她運勢不好，老闆又這樣做，實在有點缺德。」連平時對外和善的老弟都覺得不舒服，「頭頂的火不是那麼容易滅的，結果老闆一掌就……」

我們身後傳來大家鼓吹千慧出來的聲音，告訴她老闆不可能一掌就拍掉火了，叫她不要想太多！

我趁著大家都在關注千慧，壓低聲音趨前，「你看得見火？」

老弟搖搖頭，挑著下巴朝我一點，「妳呢？」

「看不到啊！真看得到我不散光？」每個人身上都三把火在那邊跳呀跳的，看久了對眼睛不好。

老弟瞄著我，一臉不相信的樣子，我沒好氣的翻了白眼，將手裡的掃把握得更緊了些。

「好好，看不見看不見。」他趕緊改口，老弟是全世界最識相的人，「我只是好奇，有沒有可能……」

「沒有。」我扭頭就走。

我會不知道他想什麼？他是想說上次那個惡魔最後封進了我身體裡，有沒有可能變成陰陽眼之類的……做夢啦！

千慧在店長好說歹說下終於走出，一雙眼睛哭得紅腫，恐懼異常，直接伏案痛哭。

「我完了！我這下真的完了！」

「沒那麼嚴重啦，老闆隨便一拍就滅了還得了！小羽不是很常直接朝阿霖巴頭咧！」士行即刻指向我。

「欸欸，那是他先惹我！」枉費我苦心經營的好姐姐形象。

千慧抬首，抽抽抽噎噎的看向我，「妳……」

「我也覺得沒這麼容易啦，他一天到晚被我打，還不是活蹦亂跳的！」

「這妳好意思講得這麼光明正大？」老弟搖搖頭，「千慧姐，是這樣，我剛查了一下，不是隨便就會滅的，特殊情況才會啦！妳等等回去時小心點……或是我們一起走，就不會怕了吧！」

「對啊！沒這麼容易熄的，而且搞不好一下就又復燃了。」店長也出言安慰，「很多事可能剛好一起發生罷了，妳別胡思亂想，千萬別被影響了啊。」

「就是！妳家是發生什麼事？說不定我們可以幫忙？」博仁也出聲了。

千慧只是悶悶的哭著，搖搖頭，最終長嘆一口氣。

「說來話長，這是我自己的課題，沒那麼容易的……老公不中用，孩子跟爸媽都生病，很多事眞的不是努力就能有所改變的。」這語調，聽起來甚是悲涼。

「但如果不努力，就根本不會有改變吧！」我還是說了實話，「再辛苦妳還是需要這份工作，那就讓自己上緊發條，不要再一直分神了。」

「我是……對不起，我因爲一直睡不好，才會精神不濟。」千慧不太敢直視店長，畢竟她害得他被扣薪了。

「咬牙撐過去，相信會有轉機！」我將掃具放好，店裡已經差不多收妥了，「只能這麼相信。」

千慧虛弱的點點頭，但很明顯她不是那麼認同，但是我的態度不太能讓她繼續哭哭啼啼的反駁，其實這也是我的用意，我知道她是很辛苦，但不代表大家就必須要一直扛下她的失誤。

今天不是這個月第一次發生事情了，老闆說的錯處都沒冤她，更是天天遲到，常常說要出去透風，一到後面去就好久才回來；回到現場後又一直出錯，最後只能讓她做最輕鬆的！這都還不是最糟糕的，最糟的是有時候她會突然在上班前，用個訊息就請假，如果當天遇到有人早就排休，眞的操死我們！

這不是沒同情心啊，有同情心也不是這樣用的對吧？每個人都有自己的課題要處理啊。

「妳有時其實很嚴厲耶。」在休息室換衣服拿東西時，士行突然認眞的說，「是有經歷過喔？」

「沒有。」我揹上包，磅的關上櫃門。

「有時要撐過也不是那麼容易的，千慧她兼了很多工作，又要照顧家裡，一天搞不好睡不到三小時。」店長也幫她說話，「不過小羽說得也沒錯，我們誰都沒辦法幫她什麼。」

我沒回應，就是靜靜的聽，老弟也只是禮貌的笑笑，大家一起走出休息室，千慧在店外等著我們，她是眞的不敢一個人回家；我跟老弟佯裝順路，她就住附近，我們決定陪她走回家。

至於走的方向……科科，就是隔壁叫我不要走的方向。

站在店裡往左望去，是蕭條與昏暗，很少人往那兒走，地鐵是在反方向，這邊再過去都是工廠或是回收站，相當偏僻。

我突然想起剛剛提及的走夜路，容易遇到什麼而滅火？會不會就是這樣，千慧被什麼纏上了嗎？

我們在店門口就先過馬路到對面，再順著人行道往下走。

「這邊下去都沒店家了，有也很早就關，連便利商店都好遠才一家。」老弟觀察著整條路，非常奇妙的路段，連我們串燒店再過去的那間飲料店，也是七早八早就休息了。

「白天還算熱鬧，但很多店都八點就關了，我們店算開得晚了。」千慧走得惴惴不安，這時，我們剛好走過一大區漆黑的工廠，看起來像廢鐵回收廠咧，「路燈不是沒有，但晚上因爲這裡沒有什麼車，很多人喜歡在這兒飆車，動不動就把路燈撞斷。」

她邊說，指向前面的路口，我一眼就看出來絕對才發生過車禍，因爲安全島都被撞破了，電線桿只剩下下面那段，地上還有許多煞車痕。

「這發生一次要修多久啊？哇……好多煞車痕。」老弟看著悽慘的分隔島，因爲是個路口，分隔島連個頭都沒有了，「咦？靠這邊的連紅綠燈都沒有啊！少一座！」

「接連不斷吧！多久會修好？很難修！」千慧又是連聲嘆氣，「發生車禍太頻繁了，根本沒有人想安裝，公家單位會覺得剛修好又撞倒……索性就延後再延後。」

我看著那前段全毀的安全島，基本上現在得先把安全島修好，才有辦法安裝路燈、紅綠燈，看來是浩大工程了。

我們走在一個六線道馬路上，眼下是個T型路口，偏偏是兩個彎道的交會點。筆直的路過了這個T型路口後，就一路往左方彎去，而現在他們右手邊的岔路是單向道，也是一路彎過來，直到這個路口後每台車都必須左彎。

「等於兩個彎形路段都會在這個路口交會……我以爲要彎過來時，大家都會減速？」老弟開始對自己考得駕照疑惑了，「但事實上不是嗎？」

「會相撞，就表示一定有一方沒在看號誌！」我朝上看，「更別說現在還少一盞紅綠燈。」

「有沒有都一樣吧，一個路口有兩組紅綠燈的，就是沒人在看，都是參考用的。」千慧無奈的聳聳肩，「只是走在這裡，就會沒來由的覺得毛。」

我忍不住多看了眼昏暗中的柏油路，地上除了煞車痕外，還有許多汙漬，我是不敢去想到底這裡發生過多少車禍、喪生了多少人，但如果這個路口這樣頻繁的出事的話……那，好兄弟只怕不少。

會不會，這就是千慧肩上的火熄掉的原因？

「那妳家在哪裡？」老弟也開始擔心了。

「過這個馬路後，第二條巷子右轉進去就到了。」千慧指了個右拐。

「嗯？那……妳剛何必先過馬路到這兒來呢？就順著店那邊直走過來，就省得再過現在這個路口了。」

我向左看，因爲這是T型路口嘛，與我們眼前斑馬線平行的左邊就是人行道，千慧根本不需要在店門口過馬路，就直接一路左斜前方，再橫過馬路就好了！她這種走法，等於多等一次紅綠燈，多過一個馬路。

「因爲我覺得前面橫向過馬路很危險，妳剛也說了，是彎道交會口，不如從店門口那邊橫過來安全，至少都是直路。」千慧看著我們輕笑頷首，「我知道你們不是往這個方向的，快點回去吧，謝謝你們陪我……阿霖，今天也謝謝你幫我說話。」

「啊不會不會。」老弟連忙搖手，「是這樣的，如果妳眞的眞的撐不下去，可以跟我們說的，我們雖然力量有限，但還是能幫多少是多少。」

千慧苦笑，緊緊握著我們兩人的手，「小錢補不了大洞，但我謝謝你們的心意。」

「我覺得可以打聽更好的工作，這個老闆太缺德了。」我今晚其實是很不爽，「我打算開學就閃人。」

「小羽，這我同意，但我需要一個離家近的工作！」千慧看著倒數數字，「好了，我該走了，你們也快點回家吧。」

我們謹慎的想等她過馬路後再走，看著倒數計時三、二、一……呼……

一股冷風，自我的後頸項吹開。

『小羽！』有點可愛青春的聲音在我身上響起！

我的左手即刻握住就在身邊的老弟，他的手指末端也稍稍加重了力道，看來他也感受到什麼了是吧？

拜託，我唐恩羽從小到大，沒幾個人會叫我那種鬼暱稱的啦，誰跟你小羽！想騙我回頭，門兒都沒有！

但是我們僵硬得無法動彈，幾乎可以感受到背背一股冰涼，我甚至覺得有人就站在我身後了——

「我走囉！」千慧回頭朝我們揮手道別，在綠燈亮起時往前邁開步伐走去。

對向的車都停了下來，右手邊岔路的車也都停下，很安全……除了我跟老弟背後的東西外，一切都……刺眼的燈光突地大作，連一聲喇叭聲都沒有，但我們都感受到強勁的風，還有那高速的車聲。

眼尾餘光只瞧見車子自左而右飛至，我驚恐的朝左轉去，一股力道驟然定住我的頸子，硬把我的頭給扳正，一切都在同一秒中發生，我背後的冰冷感消失、車子朝右方單行道彎過去，巨響響起，然後有些濕黏的東西濺上了我們。

磅！

叭叭叭叭……喇叭聲這時候才發出刺耳的聲響，是連續不斷的，彷彿有人壓在方向盤上。

我知道剛剛那叫喚我的人已經消失了，但我跟老弟還是動不了，因爲有台砂石車橫陳在路口，但是……千慧呢？

她的包包落在兩公尺外，就在我的面前，上面還帶著血。

「快報警啊！快點！」

「是有撞到人嗎？」

「有啦！在下面，我有看到一個女生過馬路啦！」

停在前端的車主紛紛下車幫忙，側倒的是砂石車，不是幾個人能抬得起的……我跟老弟還是沒能動，看著有人從我們身後跑來，這次是貨眞價實的人，繞到了老弟面前。

「少年仔，你們有沒有怎……哎唷，夭壽！」大叔打量著我們，趕緊推著我們往旁邊，「你們先不要走喔，你們在旁邊等一下，等警察來……手不要亂摸嘿！」

我終於看向了老弟，極爲遲緩的，覺得全身血液都被抽走似的無力，費了好大氣力才能轉頭看向他，他亦快速掃視了我一下。

「妳也是，不必這樣看我……」老弟有些緊張，呼吸變得急促起來，「可能得等警察來，才能把這些擦掉。」

血腥味近在咫尺，我們當然知道噴在身上跟臉上的東西是什麼，熱心民眾打開了手機手電筒試著找尋壓在車下的千慧身影，我看著剛剛那破碎安全島上一截白淨的小腿就知道，找到與否已經不是重點了。

有個模糊的人影蹲在安全島上，那人影看上去也是破敗殘缺，其實他只有一半的身體；他看著那隻小腿，冷冷的笑了起來，然後彷彿留意到我們似的，歪了歪頭。

『嘖，眞可惜！』

2.

狼狽的、淒慘的、受驚的我，帶著千慧的血肉屍塊，坐在警局冰冷的椅子上，我的髮上臉上衣服上都染滿了血，鑑識人員仔細的把我們身上的屍塊或內臟謹慎的挾走，才讓我們擦臉。

然後，我們被帶到警局來接受筆錄，因爲我們看得比誰都清楚。

「來，吃點東西。」

警官從外走進，手上拎著香氣四溢的宵夜，一聞就知道是炸雞排，半夜一點這種食物就是山珍海味！這位老警官我們之前見過，他不但買雞排還外加飲料，眞的人民褓姆！

「我們是不是又見面了？」警官蹙起眉，「我總覺得有點頻繁的見到你們？」

「嗯……我們也不是很願意啦！就是一直遇到麻煩事。」老弟說得客客氣氣，「像今天我們是想送同事回家，她狀況不太好。」

「不好是指？」警官也很和善。

「工作上有失誤，她精神很差，然後又……」我說到一半瞄了眼警官，「總之她覺得自己運勢不好，又怕走夜路，所以我們決定陪她走一段，其實她就……快到家了。」

「嗯，的確是沒幾步路，轉個彎就能到家了。」警官只能長嘆，「也是辛苦你們了，必須看到那樣的場景。」

其實我們什麼都沒看見，千慧的身體只怕已經被那台車壓得稀巴爛，若不是飛濺上我們身體的內臟碎塊，我們根本無法想像有多可怕。

「能順便建議嗎？那裡眞的設計不良，沒有路燈，交會處都是彎道……今天那台車說轉就轉，而且他爲什麼會右拐？右邊那條明明就是單向道啊！禁行啊！」老弟萬分不解，「千慧已經選擇了最安全的斑馬線行走了，因爲不可能有右拐車，所以我們只要注意前方跟右方可能左轉的車子就行了！」

警官嚴肅的擰著眉，他聽進去也點點頭，但這些事也不是他這個警察能處理的吧？

「那個路段眞的很不安寧，一直出事，大家仗著路大條又沒什麼人，油門總是踩到底！安全島跟路燈就沒有能安好的一天，我們也反應多時了，但相關單位並不打算來修，因為就怕還沒修完又斷了。」

「我覺得這要從改變道路設計做起了，不然千慧不會是最後一個。」

「她不會是最後一個的……」警官喃喃脫口而出，這話倒是讓我們覺得奇怪了。

我知道那是危險路段，出事頻仍，但應該每個人都會希望哪位受害者是最後一個吧。

「啊！我想起來了，你是……章！那個章警官！」我突然啊了一聲，雞排都從我手裡要滑掉了。

「妳認識？」老弟狐疑的望向我。

「那個都市傳說社的新聞，每次都他在說話啊！記得嗎？」我扣著老弟的臂膀指向他。

老弟正首，認真的看著章警官，其實他印象不會太多我知道！我會留意到是因為有朋友唸A大，參加都市傳說社後一直出事，不然一般人哪會留意啦！

「嗯，我其實沒有很希望記憶點是這個。」章警官露出些許無奈，「但既然妳提起了，我也想問一句：這是單純的車禍嗎？」

咦？我跟老弟同步定格，變成.jpg模式，張大的嘴都不知道該不該咬下雞排。

「我們如果太常見面，都代表著沒什麼好事，也就是你們應該遇到不尋常的事情！我跟都市傳說社那幾個大學生是如此，對你們兩姐弟也有類似感覺。」章警官語氣溫和，但帶著不容反駁的威嚴，「那個路段發生的事情太多，連我都不得不懷疑……」

老弟桌下的腳踢了我一下，彷彿在問：怎麼辦？

「常理來說，一直出事就是會有好兄弟在那裡啦。」我找了個通用的理由，「所以才說要快點修好，不然是不是沒完沒了？」

「這我也知道，但現在堆起的人命已經太多條了……或許該做個法事。」章警官低下頭看向了卷宗。

老弟放下雞排，這下子也吃不太下去了。

「千慧她提到，三把火的事情。」

章警官倏而抬頭，帶著幾分疑惑，「三把火？是肩上三把火嗎？」

「對，她最近因爲家裡很多事又說流年不利，所以有師父說她肩上的火已經滅了，就剩頭頂的火，才要她出入小心，也避免走夜路。」老弟把這玄異之事對章警官說了，「結果今天下班時，我們店老闆一掌往她頭上摸去，叫她不要迷信……」

後面是試探性的語氣，彷彿是想問：這件事會不會有關係呢？

章警官望著我們，沒有立刻駁斥，反而是若有所思，只見他起身到櫃子邊去翻找資料，拿出一個接一個的卷宗擱在桌上，然後又翻了好一會兒。

章警官的態度讓我覺得有點不安，一般人都會說迷信、或是什麼不要亂想之類的，不然也會像店長安慰千慧一樣，說很快就會復燃……但章警官的態度，就像他不只信，還在找證據咧！

「是嗎？」

良久，他望著手裡某份卷宗喃喃自語，抬起頭看向遠處，再看向我們。

媽呀！這眼神我不喜翻！

「這是眞的嗎？回個頭就會把自己肩上的火滅了？」我不是鐵齒，我身上發生過的事更玄，只是我覺得這件事邏輯不通。

「這些都是民俗禁忌，有些事是要多方尊重，不迷信但要參考！你們剛剛提到往生者時，說了她最近運勢不佳對吧？」章警官走了過來，「最近在那條路上出事的，很多都有類似的狀況。」

哎呀，不妙，我不太喜歡巧合。

「也有提到火的事嗎？」老弟好奇的問。

「就是有，我才覺得奇妙……上週而已，那附近有位遊民老趙跑來這兒，告訴我們那條路要快點修，在那兒肩上的火容易被滅掉，還說一直有人在叫他。」章警官再翻了幾頁，「再來是十天前的意外，事發前往生者也跟朋友說過最近很衰，做什麼都會出事。」

我聽見了關鍵字，往生者。

「之前到底多少人出事啊？」

「喔，那可多了！這個棘手的路段啊！這個月就發生三起了，連同今晚……上個月底更是一口氣七個人，兩車對撞，無一倖免。」章警官遲疑半晌，突然像是想到了什麼，「我在意的是，老趙是這個月才開始跑來說肩頭火的事的。」

我跟老弟其實既震驚又難以置信，我們遇到很多好兄弟，大概知道狀況，但……滅個火就能出大事？太玄了吧！

「我如果這樣……」我突然搭上老弟的肩，「他火就滅了嗎？」

章警官看著我，定格畫面，眼神裡卻流露一種：妳在幹嘛的臉？老弟展了肩頭甩掉我，還瞪了我一眼。

「妳幹嘛滅我火，妳可以拍拍自己的肩啊。」

「我罩你啊小子，有老姐在，你怕什麼？」我拍拍胸脯了，自信滿滿。

「火也沒這麼容易熄，尤其我看你們精神滿滿的！氣勢也很強的感覺……我剛說的一般都是生活上遇到一些事，或是運勢極差的狀況！三把火，總之就是寧可信其有——」章警官話鋒一轉，不太高興的提起了老闆，「你們老闆未免太過分，既然知道往生者本在意，爲什麼偏偏要去拍她的頭呢！」

「對啊，我就是覺得過分，而且他是這樣的！」我立即站起，模仿老闆把手罩在老弟頭上，「用力蓋著，還搓來搓去……搓……」

「哎呀！」老弟發難的甩頭，把我手打掉，「我的頭髮！」

小氣鬼，都半夜了，誰會管他的髮型啦！

「這樣眞的缺德，如果眞有的話……」章警官緩緩的說著，「那他等於滅掉了她最後一盞火啊。」

或許，平時可以沒事的千慧，就因爲這樣出事了嗎？

我跟老弟雖然滿腹疑問，但這件事也無解，重點還是在那台砂石車駕駛疲勞駕駛，連按喇叭都沒有，所以才會直接朝著單行道右轉，撞上了正在過馬路的千慧。

這就是個意外，千慧就這麼剛好在那個時間點過馬路，如果我跟老弟當時眞的送她到家門口的話……說不定我們也已經命喪輪下了！

半夜兩點多，仔細交代完事發過程後，章警官就放我們回家了，事前通知了老媽，老媽還交代不許我們單獨叫車回去，結果一出警局門口就看到老媽在外面等，看她呵欠連連，我們都覺得有點不捨。

「就說很晚了，我們自己回去就好，我們也沒犯事不必交保。」老弟快速的步向老媽，也是心疼，「爲什麼不進去坐啊？」

「我不喜歡警局啦！而且都遇到那種事情了你們還想自己回去……哎呀，你們身上這是……」老媽嚴肅的擰著眉，看著我跟老弟身上殘留的紅印記，也猜出了大概，「你們是不能不出事嗎？」

「我們沒出事啊……出事的是我同事……」我小聲的喃喃。

老媽就回頭瞪了眼，我撇撇嘴也不敢再多話。

「媽，怎麼沒讓老爸來？這麼晚了讓老爸來就好了吧！」老弟趕緊扯開話題。

「你爸？那怎麼行？三更半夜的，夜路麻煩，我來就好。」她不安的看著我們，「明天帶你們去廟裡啦，這樣不行，收個驚，拜一拜。」

我跟老弟也有此意，只是我不確定我現在還進得了廟嗎？

我體內封了一隻惡魔。

對，很好笑吧？可惜這不是笑話。現在的我卻只能認命，我像是劍鞘，將惡魔收進體內，而這隻惡魔還曾是我男友。

有一群神經病想要得到永生與權力，用一百條人命召喚了惡魔，而惡魔附在我男友身上，吞噬掉他的靈魂，想成為一個普通人類遊走在人界；而我向惡魔許了願，如果惡魔是刀，那我就是鞘，讓惡魔入鞘，所以他只能在我的體內，與我共生。

某間夜店的老闆簡直世外高人，還在我身上加了個封印，我體內的惡魔不能主動攻擊任何東西，必須受到攻擊才能反擊。

這件事只有我跟老弟知道，惡魔在體內後，我的生活看似沒有不一樣，但如果讓他餓太久、不讓他吞食靈魂的話，他就會變得焦躁不安，搞得我自己也非常不快，易怒煩躁。

但放他出來吃飯的話，我的體力會被抽乾，身體也會很痛，得躺個一兩天才能恢復。

我最近在訓練他吃素，搞得我也要認眞的吃素看看有沒有效果。

「老媽，妳聽過肩頭三把火的事嗎？我們今天的同事就是因爲身上三把火都熄掉，運勢變差，然後被我們老闆摸頭又滅火呢」老弟也問了老媽？

老媽有點詫異的看著我們，「有夠夭壽！爲什麼要故意熄人家的火？我來接你們就是怕有些阿撒不嚕的來纏你們啦，記住喔，火滅了眞的很麻煩。」

「我現在回頭就會熄嗎？不對啊，我剛喊妳時妳就回頭了啊！」我指著走在前方的老媽。

「啊妳是會害我膩？妳是我女兒啊，而且……把自己用強一點就不會熄啦！」老媽還在肩上用手比劃了一下，「咻～一下就重燃了！」

……最好是這麼簡單啦！

千慧的事情讓全店同事陷入低氣壓，後來我們也找時間去上香了，她家狀況眞的很差，不說公婆都生病，小孩子也有先天性的疾病也需要龐大醫藥費，讓人覺得比較不快的是，千慧的丈夫沒在工作。

並不是他是家庭主夫，扛起家務事的沒在工作，而是「什麼事都沒在幹」的不工作。

因爲他說他是劇作家，需要專心工作，因此沒辦法分神做家務、照顧孩子或是照顧他生病的父母，更無法外出工作，因爲一旦在外面上班，回來就沒有精力寫作了……Excuse me?

所以去上香時，我們也親眼看見了爭吵現場，千慧的妹妹對著她丈夫咆哮，還是一堆人拉住她，她才沒衝上去揍人。那場面尷尬得要死，我們都是局外人，誰都不方便多話，捻完香就默默退出來了。

「千慧都這麼累了，他老公還這樣喔？」店長有點不太高興，「我一直以爲是兩個人都很努力的在爲家計奮鬥，只是因爲家人生病才會格外辛苦！」

「我也是！千慧也沒抱怨過他老公……」士行也是不可思議，「是在幫他留面子嗎？」

「欸，說不定千慧是很欣賞他老公的才華，願意無條件支持他，就苦熬著等他功成名就，劇本受到歡迎或是拿到什麼電影獎之類的時刻吧！」博仁說了另一個猜測。

老弟無言的扯扯嘴角，「然後他就會跟一個更年輕美麗的藝人或媽豆在一起了。」

嘖！我輕打了他一下，要不要這麼中肯？

「有夢想不是壞事啊，但他家裡這麼多事不該讓千慧一個人扛，這不對。」連刻薄的老闆都出聲了，看看千慧丈夫多扯，「他能寫，但要幫忙家務，就是男主內的意思，別讓千慧要工作還得顧家，這不對！」

大家聊著聊著，不知不覺走到千慧出事的那個路口。

現場當然已經清理乾淨，那天新增的煞車痕依舊刺眼，我跟老弟同時喉頭緊窒，想起了可怕的碰撞聲，還有鮮血內臟濺到身上的觸感……直叫人不舒服。

白天這條路看起來沒有那晚那麼可怕，晚上這裡眞的太暗……也太陰了。

「我們先過馬路吧。」老弟提了建議，先過橫向馬路到對面，如此就能避開千慧過的那段馬路，筆直就能走到店裡。

沒有人反對，大家寧願多等一會兒，因爲現在過那條馬路，會有種從千慧血肉上踏過的錯覺。

『還給我。』

有力的聲音傳來，跟討債似的，我僵直身子，這聲音的方向有點怪耶！

那是從上面傳來的……上……我才想抬頭，緊急煞住動作，不妥。

『東西呢！把東西還來啊！』這口吻不太客氣了喔，還帶著忿怒！

這一刻，士行突然回過了頭。

老弟就站在他斜後方，被他突然回頭的動作嚇了一跳，「你幹嘛？」

「不是你叫我？」士行還愣愣的問。

「……沒有啊！」老弟有點僵硬的推了他的左肩後方，「綠燈了，走囉！」

不會吧！我跟老弟交換了眼神，士行聽到有誰在後面喊他嗎？現在是下午四點多，總不會……現在就有東西在作祟了吧？引誘著士行回頭，讓他滅了肩上的火？哎呀呀！

過完馬路後大家沿著人行道走回店裡，便開始準備開店事宜，店長一直處於低氣壓中，面對老闆的態度也不太好，其實從千慧出事後他就一直這樣，因爲他認定這跟老闆有關。

「我們就這幾個人怎麼可能扛！」果然在開店前十分鐘，辦公室內爆發了衝突，店長的吼叫聲自辦公室裡傳來，我們外面一眾人等聽得一清二楚，個個面面相覷。

「現在外場只有三個人，三個人怎麼忙得過來？之前是六個人，有人離職你從不補，千慧後來出狀況時我就跟你提過，人手太少了，誰都無法休假！」

喔喔，在談新增人手！非常需要啊，老闆眞的遇缺不補，搞得我們非常的累，連想喘口氣都很難，客滿時簡直疲於奔命，而且我們還有二樓耶！

要是弄灑了東西扣我們錢、錯單也扣我們的錢，問題是人手這麼少，根本不可能面面俱到，東扣一點西扣一點，這個月眼看著就要白做工了！

我決定進去幫腔，老弟登時拉住了我。

「喂，我們都是外場的，好歹要去幫自己爭取點權益吧？」我打量著老弟，這小子居然阻止我？

「妳去？萬一老闆對妳不客氣怎麼辦？」老弟眼神死，「吃了他嗎？」

我翻了個白眼，我現在盡量在控制，不會讓那傢伙隨便就出來吃飯的好嗎！刀要出鞘，也是要經過主人的啊！但老弟明顯的不相信我，原地揪著我的衣服不讓我進去。

外場眾人都不敢吭氣，想聽聽最終結論會是什麼。

「我看你們應對得很好啊，那天你、千慧跟阿霖都不在，正是客人最多的時候，小羽跟士羽就遊刃有餘了！」老闆口吻都還能笑笑的，越聽越令人火大。

「那……那是小羽他們拼來的！不行，人數眞的不能這麼少，而且這樣子誰都不能請假了！」

「為什麼要請假？我一開始就說過，扣掉公休日，不能有人請假！」老闆這時語氣就變嚴厲了，「請假不會是問題的前提下，其他都不會是問題！」

接著就是店長氣急敗壞的衝出來，看見我們時雙拳都緊緊握著，我眞佩服他沒有一拳貓下去。

結果，老闆跟出來了。

「我知道你們的能耐，你們想要我多請人，就是想偷懶，沒這麼容易的事。」

老闆說出的話真令人咋舌，「千慧有狀況也不是一天兩天的事，你們都能扛下她的工作，當時我就知道人請多了！現在即使她不在，你們一樣可以做得很好，這幾天不是也證實了嗎？」

「會累啊，老闆，人手就是不夠！」博仁也受不了了，「烤檯就我一個，士行在廚房幫忙都不夠，菜出得慢，客人也會催啊。」

「沒有工作是不累的。」老闆無所謂的笑著，一副愛做不做隨便你的樣子，轉身就往辦公室裡走去。

這裡可以乾脆喊我不幹的，大概就我跟老弟了！我們真的是打工，但是店長、士行或是博仁都是靠這份工作養家活口，要是能輕易拍桌子走人，誰會委屈？

「千慧是你害死的！」冷不防的，店長突然回頭咆哮了這麼一句。

老闆皺眉，「你在說什麼？」

「要不是妳滅了她的火，她可能就不會出事！人的三把火是很重要的，尤其她都說她剩一把了，你還故意！」店長忍耐已久一併爆發，「你逃不了責任！」

「說什麼鬼話啊！那種迷信的事你敢提？」老闆居然也不爽，移動著龐大的身軀走上前，二話不說朝著店長肩頭就是一拍。

「老闆！」士行衝了過來，「你幹嘛啊！」

老闆接著大掌往士行頭上按去，雙手也往他肩頭一拍，嚇得他們兩個措手不及，趕緊後退，臉色發白。

「最好這樣拍就會有事！那我也拍給你們看！」老闆說著，居然真的往自己肩頭拍了拍，「什麼世紀了，清醒點好嗎？千慧的事就是意外！還敢用這個怪我？」

「寧可信其有！」店長驚恐的吼著，「你就算不信，也不能這樣做，我們是信的人，你這樣是在冒犯我們。」

「是誰先冒犯誰？你，剛剛指著我說是凶手！」老闆聲如洪鐘，指著店長怒吼。

店裡氣氛一觸即發，但事實上是沒有人敢真的跟老闆互槓起來，大家都是要糊口的啊！

「那個……」老弟突然溫溫的開口，「再十分鐘就要開店了，我們是不是先準備開店，其他再說？」

「對、對啦！」博仁也趕緊打圓場，「那個士行，雞肉解凍好了嗎？」

士行打著哆嗦，恐懼又不滿的看向老闆後，趕緊回身進入廚房，店長也不再多說什麼，我看得出他強忍著滿腔怒火，到櫃檯邊準備開店事宜；老闆怒目瞪著每個人，威嚴十足，要進去前朝我這邊瞥了眼。

我說白點，我不差這份工作，我跟老弟就是來打工的，工讀生的工作到處都有好嗎！所以我雙手交叉胸前，站個三七步，完全表達著我的不滿，我就賭老闆會不會過來找碴。

四目相交，我沒退讓，老闆也明顯的不爽，但這氣勢跟我在比賽時比起來是差得遠了……

「看屁啊！」我後背被人用人一擊，「二樓座位弄好了沒啦？」

老弟完全沒在客氣，一掌把我拍得往前。

「你找死啊！」我回身就是一踢，但老弟在我「訓練」下長大的，一拍完人就往後跳了，「有本事上前！」

「沒本事！快點啦！二樓今天妳負責！」老弟催著，我當然知道他是不希望我跟老闆起爭執。

份內工作還是要做，我不爽的只好到二樓去擺設座位，風波就這樣表面化的平息了。開店之後，又是絡繹不絕的客人，忙到連喝水都沒時間的工作行程，好不容易找個客人都在吃飯沒點單的空檔，我想溜到後面去呼吸一下新鮮空氣。

「哇，你先出來囉！」我一出去，就看見博仁已經在抽菸了，他站在距後門兩三公尺外，遠離了店。

「我好不容易找到時間的！」博仁也是滿頭大汗，「累死我了！」

我是抱著已經不冰的飲料出來，稍微舒口氣，也不能太久，要輪其他人出來透風！只是後巷今晚更暗了，除了子母車上的那盞燈外，居然其他燈都沒亮。

「怎麼暗成這樣？這條被斷電喔？」我想起之前隔壁的警告、千慧的事故，「欸，你進來一點，不要離店太遠。」

「啊？」博仁覺得莫名其妙，「妳是怕我走丟嗎？」

「我是——」啪！就在這瞬間，那唯一的燈突然暗了。

咦？我當下背脊發涼，緊接著黑暗中有輪子聲傳來，這時的博仁明明面對著我，卻回過了頭。

「什麼？」

「不要回頭！」我不假思索的朝他衝去，我感受到有東西從巷口的方向朝我們衝來，不能把博仁往外推的前提下，那最快的方式就是——

我拉住博仁的手，直接把他往我身後、店後門的方向拋出去！「對不起！」眞的對不起，我眞的是用拋的，拉住他的手，用慣性把他往店裡頭扔……砰磅一聲，他重重的撞在我們的後門上，鐵門上還被叩登的發出陣陣迴音：嗯嗯嗯……

於此同時，一股風從我背後掠過，下一聲巨響嚇得我跳了起來。

「怎麼了!?」店長急匆匆的衝了過來，差點被撞得七葷八素、還倒在地上的博仁絆倒。

不只是他，每間店都被巨響驚嚇，紛紛開啓後門，一時間不必後巷的路燈，也能看到個大概……此時，唯一的那盞燈，再度慢慢的亮了起來——垃圾子母車的其中一台，居然滑動，從中段一路滑行過來，直到撞到我們隔壁店家前的路燈。

「唉呀垃圾車鬆了嗎？好危險喔！串燒的有事嗎？」

「沒事！」我趕緊回應。

我聽見的輪子聲就是這個，從我背後的風也是……這麼大台鐵製的垃圾子母車，博仁如果剛剛繼續站在這兒的話，絕對會被掃到的。

各家店的男士們紛紛出來，把垃圾箱往巷口的方向推回去，大家討論的除了為什麼垃圾箱會鬆開外，就是這條巷子原來不是平的？巷口高巷尾低嗎？

我也想問，為什麼從來沒有鬆脫的垃圾子母車會鬆開？燈為什麼會突然熄滅？還有博仁剛剛回頭做什麼？

店裡不能沒人，我跟店長將博仁先扶進廚房後場，老弟抽空過來探視，我即刻示意沒事，士行幫我拿了冰塊，最後由我先照顧博仁……理所當然啦，是我讓他頭上撞這麼大一個包的。

「對不起，我不這樣的話，你會被垃圾箱勾到的。」我蹲在他身邊，把他把冰塊敷在額頭上。

「……謝謝。」博仁有氣無力的說著，「我其實到現在都不知道發生什麼事，我只聽到有人喊我……然後我就撞到門了。」

「誰喊你？」

「不知道，對面的吧？他們要借火點菸？」

對面沒有人，那時整條巷子都沒人出來抽菸，現在是七點多，晚餐高峰期，內外場都是忙到天昏地暗的時候，誰有空出來抽菸。

「怎麼回事啊？嚴重嗎？」老闆突然走進後面，「不嚴重的話快點回到烤檯啊，單子都堆在一起了！」

「很嚴重，不能動！他才剛撞到你就只顧著烤檯？你去烤啊！」我超不爽的回嗆，「有沒有點——」

我都還沒飆完，坐在地上的博仁連忙握住我的手制止，「我再一下下就可以了，士行會烤，先讓他上去。」

我瞪圓雙眼，老闆都沒關心同事的傷勢，只顧著單耶！早說過人手太少，現在知道只要有一個掛病號，餐廳就沒辦法運營了吧！

但我也知道，這是博仁的正職工作，他覺得頭沒那麼疼後就站起來，但其實他手跟腳都有挫傷，我怕他也有腦震盪……不過他還是喝幾口水後，重新打起精神，回到烤檯上去。

我回首，重新推開後門，看著靜謐的後巷，斜對面的店家也有人出來抽菸了，朝我伸手打個招呼，大家今晚的話題想必就是那台鬆脫的垃圾子母車吧！

爲什麼？爲什麼會找上我們店？那個出事路口距離我們店有三分鐘距離，不乾淨的好兄弟姐妹是能跑過來作怪嗎？

「小羽，是怎樣？」士行趁機跑過來問我了，他臉色不太好看。

「沒事，就是……我覺得大家最近都小心一點吧！」我只能這樣說。

「幹！老闆剛剛還滅我三把火！搞得我現在全身發冷不舒服！」士行是眞的在恐慌，他很相信這種事。

「好啦，別想太多，下班早點回去，你明天早上先去廟裡拜一下。」我覺得先進廟比較好。

士行點點頭，我也趕緊回到工作崗位上，老弟都沒有多問，反正我還能動就是我沒事，他很清楚我的狀況！這天大家就在一種低迷的氛圍下完成一天的工作，連打掃時都沒有人在閒聊，而老闆在還沒休息前就走了，我連再見都懶得說。

最後大家離店，博仁走路一拐一拐的，手腕也腫起來了，我請他一定要去看醫生，不然我於心難安；而這時在門口發動車子的士行無言以對，他的車居然掛了。

「可惡可惡可惡！」士行氣急敗壞的大吼，「一定是老闆！他滅我火！」

「哥，別緊張，你這樣是在自己嚇自己啊！」老弟趕緊上前，「就是車壞了，你要想，這是好運！萬一是騎到一半壞掉不是更糟！」

嘖！我暗暗豎起大姆指，老弟高明。

「呵，阿霖說得也對！沒有這麼多事的，我不是也被老闆拍了，還直接滅頭頂耶！」店長笑笑上前，「走，我載你回去啦！」

士行依舊眉頭緊鎖，又氣又惱又害怕的低咒一大串，但還是跟店長再三道謝。

「看吧！有人能載你回去，是幸運日啦！」連博仁都趕緊幫忙正面思考。

送走了兩輛摩托車，我跟老弟才往家的方向走，我們一般都是步行上下班，當作鍛練，除非來不及時才會騎腳踏車或共乘的電動機車過來；我跟他簡單的提及了晚上的事，不由得回頭望向越來越遠的那個路口。

「我現在有點搞不清楚狀況了，博仁的事是巧合嗎？我們店裡的人接二連三出事？」

「說不定眞的是意外，因爲千慧是在那個路口……但是博仁是在我們店後面啊！」老弟摟過了我，「先不要想太多吧！別自己嚇自己，平常心！」

我點點頭，但說不上來哪裡不對勁，我總是有種事情還沒完的感覺。

而六個小時後，我們都在手機訊息中驚醒。

——店長他們昨晚出事了，士行當場死亡，店長進了加護病房。

3.

我絕不相信是巧合！

我跟老弟開始查那個路口最近發生的事，畢竟才這幾個月的事而已，新聞很好找，最嚴重的是上個月發生的追撞，兩台車七個人，全部死亡！而事故發生是在於「追」，因爲那是幫派份子的糾紛，他們在飛車追逐中，於那個路口發生嚴重撞擊。

力道之大車子均變形，無一倖免。

「主要還是因爲沒繫安全帶，所以頸骨斷裂，也有人摔出去，當然還有被夾死的。」章警官也是帶著懷疑，「不過據勘驗結果，其實要造成那種傷害，兩邊的速度都要超過一百三十公里。」

我跟老弟直接跑去找章警官，兩個人瞪圓了雙眼，在那條路上開一百三？

「晚上是沒車啦，開這麼快……是在演電影啊？黑幫之戰？」老弟腦子裡浮現了一堆電影名稱。

「的確是幫派糾紛，但知情者都死了，只聽說似乎有交易。」章警官口氣很無奈，「只是我們在現場沒找到可以當貨物的東西，更沒找到錢，不知道他們究竟在交易什麼。」

「應該有人知道只是不想講吧？全部死光也是很乾脆……」我們挨在章警官身後看著監視錄影畫面，車速眞的快到有殘影，接著兩輛車撞在一起！

其實撞上時眞的比眨眼還短，接下來只看見變形車子跟亂噴的零件，時間顯示是凌晨三點多，附近幾乎沒有車子，有兩個人噴飛出去後噴得很遠，趴在地上像個娃娃一樣動也不動。

「就是這樣，除了他們兩輛外，沒有其他車子，後來才有一位機車騎士報警，監視畫面證實的確是追撞，也沒有任何外力。」

章警官果然是內行的，我跟老弟一來問那個路口的事，他就說我們大概想眼見爲憑，同時也希望看我們能不能看出某些他們「看不見」的；但說實話，在我眼裡這就是一個淒慘的車禍現場，不管是出事前或是出事後，看不到有什麼魍魎鬼魅在作祟。

「章警官！」有人喊著，章警官要我們別亂動，他去去就來。

我跟老弟乖巧的繼續站在章警官的椅子後面，不動任何東西，任憑畫面繼續播放……喔喔，直行對向有台機車駛來了，減速慢行，嚇了一跳，接著慌張的開始打電話。

「你有看到什麼嗎？」我悄聲的問著老弟，「車禍是真意外？」

騎士正在報警，他把車子牽到靠路邊……然後做了幾個乾嘔，就跑出畫面，大概是去吐了吧！

「就螢幕呈現的這樣，這麼高速撞上，說不定……速度才是主因！」老弟意有所指，如果那些路口的亡者想抓交替，搞不好直接就讓車子失速了啊！

唉，我們兩個不是那種動不動就看得見的人，至少在我們眼裡……咦？我湊近一瞧，看見右下角有一個人居然走上了斑馬線，像跳舞般避開了所有零件與四散的屍塊。

「勇者耶！如果有肉塊應該飛很遠吧？」我指向螢幕右下那個跳著的身影。

「哇……不過他應該是有避開啦，看看，他繞到右邊那條馬路的分隔島上去，又繞回來……」

老弟手指著那個人影……他蹲下來，撿走了某樣東西。

我瞬間倒抽一口氣，「那天捻香回來時，我聽見有人說把東西還給我！」

那個目擊者或路人甲拿走了東西！老弟眼尾使了眼色，章警官回來了！

此時螢幕已經沒有人影了，撿到東西的人過了馬路後，消失在監視畫面範圍中。

「還有別的目擊者嗎？」老弟刻意問著。

「啊……還有一位晚歸的李先生。」章警官將螢幕關掉，「唉，也巧！他正是你們那天出事同事的先生。」

咦？咦咦咦？千慧的丈夫！啊！所以他會走這條路！馬路過去後，第二條巷子右拐就千慧家了啊！

老弟拉住我的手，暗示我什麼都別說，只是又問了章警官當初李白旺作為目擊者是否見到什麼？結果李白旺說他遠遠的聽見碰撞聲，但沒看到事發經過，等他走到斑馬線那兒時，只有一地狼藉。

想也知道，李白旺沒提到他撿了什麼。

「所以你們什麼都沒看到？」章警官帶著最後的期待看向我們。

我們很有默契的搖搖頭，沒有，真沒有，有也不能現在告訴你啊！

離開警局，我們即刻殺去千慧家，結果生病的父母躺在床上，兩個小朋友吃餅乾充飢，男主人倒是不見人影！我跟老弟還得幫忙張羅他們家的飲食，買東西給老老小小吃，再問出李白旺的去向。

臨去前，我們對著靈堂拜了拜。

「千慧，不是故意針對妳老公的！拜託妳不要插手！」我喃喃唸著，看著靈堂上千慧那溫柔的笑，鼻子又有點酸。

「我現在更怕……」老弟出門前語重心長，「千慧的事故跟他老公有關。」

「噢！」我眞的希望不要。

我們按照李白旺父親給的地址，很順利的在一間普通民房裡，找到了正輸個精光要離開的李先生！對，眞不意外，他拋下家中老小，到這裡來大賭特賭！

「你拿了什麼東西啊？」

我毫不客氣，揪著他的衣領就拖到旁邊巷子去，一把將他按在牆上！開玩笑，這旁邊是賭場，附近巷子應該都是他們罩的，暫時不會有條子伯伯經過。

「什麼、什……麼！」李白旺演技很差，緊張的拼命嚥口水。

「我們都已經知道了，你撿了死人的東西。」老弟悠哉悠哉的開口，「那些人死不瞑目，還在追討偷走他們東西的人，所以那個路口才會一直出事。」

李白旺圓睜雙眼，冷汗直冒的前提下，抽了嘴角。

「不、不可能！少來了！」李白旺擺擺手，「我早就做好準備了，有事都有別人扛著，不會是我！」

「你偷的東西，怎麼可能是別人扛？你在說笑吧？你以爲那些好兄弟傻的嗎？」我加重威脅，「你身上陰氣很重啊……瞧，剛剛輸光了不是？」

「呸呸呸！我運好得很！妳少亂說！」提到賭輸，李白旺反而怒了！「少在那邊烏鴉嘴！我霉運都已經過掉了！」

哦——老弟挑起一抹笑，「過霉運啊……你也知道偷死人的東西不好？那一整袋……」

「噓！噓！」李白旺急忙想遮住老弟的嘴，「你、你你你們……眞的知道……」

「過霉運？」我聽得只有一肚子火，「你偷了別人的東西哪來的霉運？」

李白旺皺著眉，緊張兮兮的拼命比噓，「妳小聲點啊，要是被別人知道了還得了！我就是在那種場合下撿錢才會怕啊，萬一、萬一那些人不放過我的話……」

李白旺是真的一臉膽顫心驚，在死人面前撿錢，這膽子其實也是夠大了。

「你覺得會衰，所以把霉運過掉了，怎麼過的？」老弟戳戳我，示意我冷靜點，我一向很冷靜好嗎？

「就找師父處理一下，最後給了我一個信封袋，讓我把那東西扔出去，只要誰撿走，霉運就會到誰身上。」李白旺說得認真而且毫不在意，「我尋思著隨便的垃圾人家不會撿，放進紅包袋又怕有人誤會是冥婚，所以我就弄成一包像錢一樣的外包裝……」

「有人撿走了？」我倒抽一口氣，李白旺隨之點點頭。

「看來這方法有用吧？我看他也沒遇到什麼事，說不定三把火還很旺咧。」老弟根據客觀事實判斷，先不論李白旺多常出入危險路段，他日常晚回家也都沒遇上事兒啊。

「你真陰毒耶，你就沒想過撿到的人怎麼了嗎？」

「應該……還好吧？」李白旺嘴上這麼說，其實心虛得很。

「你是沒事了，但那場車禍裡的人都在找那包錢，他們現在就在你家那個大馬路口，陰魂不散！」老弟不爽的瞪著他，「還剩多少？」

李白旺頓時警戒心起，緊抿著唇低頭不語。

「你還想留著那筆錢嗎？你眞以爲用那筆錢不會有事？」老弟突然用極溫和的神情，對著李白旺低語，「我們，會指路喔！」

咦？李白旺詫異的看向老弟，我差一點點也做出同樣的反應，我怎麼沒聽過指路這件事？

「指、指什麼……路……」李白旺都開始結巴了。

「我們既然可以看到路口有什麼、也知道他們在找什麼，你覺得告訴那些人錢在哪裡，會是難事嗎？」老弟朝李白旺挑了眉，語氣帶著滿滿威脅。

「不可以！你不能這樣做！我……那撿到就是我的了！你這樣會害我、害害害我孩子，還有我爸媽一家人……」他這時就知道焦急了，果然永遠都是別人孩子死不完。

「你都沒在管被你過霉運的人了，我們也不需要管你或你家人吧。」我即刻與老弟一唱一和，「就這樣，我們指條路，那些好兄弟自然會找上你。」

「不不不！不行！」李白旺慌亂不已，他用恐慌且忿怒的眼神看著我們，彷佛想對我們狂吼：你們憑什麼！

幾乎就在下一秒，他順手抓起手上的雨傘，直接朝我們這裡砸過來。

老弟即刻退後，我從容的上前直接抬腿一踢，便踢掉了他手裡的雨傘，同時還得朝著自己體內躁動的傢伙低語：「還用不著你。」

李白旺被我那一腳踢得踉蹌向後，我的腳都還停在空中咧！緩緩曲了膝，再補踹一腳……就這副乾瘦模樣，想跟我打架？

身後傳來掌聲，老弟嘖嘖，「姐，妳核心眞的很強耶，眞穩。」

「就叫你練你不練！」我收腳站穩，使了個眼色，剩下交給他啦！

老弟主動上前，蹲在狼狽倒地的李白旺身邊，大概又是軟硬兼施的威脅，其實我們既然是從警方提供的監視器知道李白旺偷了錢，早晚會告知章警官，只是我跟老弟有想知道的事而已。

錢他拿走了，好兄弟姐妹們在夜路上到處找人要錢，但凡運勢身體比較弱的都遭殃！而且他們已經擴張了地盤，不只在那個路口徘徊，舉凡經過的人似乎都能被纏上？妙的是，爲什麼纏上我們店的人？

博仁在店後門都能被攻擊，店長現在躺在醫院裡昏迷不醒，我跟老弟現在是沒事，但算一算下一個也快輪到我們了吧？

而我們集體唯一一次經過路口，就是去千慧家上香那次。

五分鐘後，李白旺交代了錢在他那兒、剩下多少，還有他去問的那位「師父」！幸好都有地緣關係，人就在附近，我們找到那間巷子裡的「宮」時，站在門口的小子看著我們還倒抽一口氣。

「師父——」他是慘叫著衝進屋裡的。

「要不要這麼誇張？我上次進廟很ＯＫ啊！」老媽帶我跟老弟去拜拜，我完全沒有不舒服，也算不同文化的交流吧！

「可能那小子可以看得很清楚吧。」老弟輕嘆一口氣，「不像我都看不見。」

「看不見好，沒事誰要看到那些阿撒不嚕的。」我沒好氣的站到門口，「師……」

還沒喊，裡頭就走出一個中年男子，他看起來真的再平常不過了，粗框眼鏡，普通的宮廟上衣，一頭捲毛亂髮，一臉剛睡醒的模樣。

「您好。」他認真的打量了我們，「兩位最近遇到不少事啊……」

「師父高明，你看我們現在運勢還行吧？」老弟公關高手，立即應聲，「三把火都還在嗎？」

「在……在在，你們的火都還行，只是……」他說著，卻困惑的看著我，「妳的火有點奇怪啊！」

「很微弱嗎？」我捏緊手心。

師父沒回答，卻蹙起眉，非常不解的從我的左肩看到我的右肩，再從我的右肩往上看向我的頭頂，嘴裡喃喃自語說著聽不見的話，然後哎的一聲，喊了聲：「上茶啊！」

剛剛那小弟在裡頭偷偷摸摸的往外看，遲疑半晌，再回了聲好。

我們被邀請入座，這宮廟大廳很小，也就兩三坪大，光神桌跟一些神明相關的東西都佔滿了所有空間，就剩一長茶几、一長排木椅能坐下泡茶聊天。

「茶就不必了，我們想知道過霉運的事。」老弟開門見山，直接搬出了李白旺的事，還有那個路口接連不斷的車禍意外。

師父越聽眉頭擰得越緊，一再的說不好不對，又唸了早說過不要經過那裡。

「霉運是怎麼過的？爲什麼那邊的亡者可以陰魂不散的到處纏人？」我沒好氣的問著，「我們店裡的同事已經陸續出事了，每個人都會聽見有人喊他們，像是抓交替，又像是在討東西。」

「你們店裡的同事？不只一個嗎？這不可能啊，霉運一過，誰撿誰中啊……除非那些往生者的怨氣太重。」師父沉吟著，「李先生到底是招惹了什麼？」

嗯，這個好像不宜說啊。

「我的解法就是他把霉運過給他人，那個人如果承接了噩運，事情就該會終止。」師父語重心長，「那個路口很不安寧，我現在寧可繞路也絕不輕易經過那裡，血腥味太重。」

「不能做什麼法事法會的超渡一下嗎？」

師父抬頭望向我們，「你們要做嗎？這費用不低喔！而且那裡的死者有生前戾氣就很重的，再加上風水位置……」

聽著師父開始拿起茶几下的便條紙在計算金額，我幾分錯愕幾分困惑，老弟連忙打斷師父的話。

「師父，這個我們後面再談……總之不是不能做，而是沒人請人處理對吧？」

哦，搞半天是使用者付費，我懂我懂。

「可以這麼說，但是我也說了，那塊地太陰，真的做法事可以清除掉某些亡魂，但無法保證每一個。」師父嚴肅的說著，「有幾個眞的戾氣很重，說不定正是在找東西的那幾位。」

他們這麼執著那袋錢？今天就算李白旺拿出來，也是被警方收走，那些亡靈也用不到，難道要一直待在那邊尋找那包錢，然後對運勢差的人持續下手嗎？

「那噩運牽連的事呢？附近的人說不定都受到影響。」老弟再問。

「這個單純很多，你們是不是有人其實撿到了東西？」師父回答得乾脆，「唯有撿到那玩意兒的人，才會被過噩運。」

「不可能吧……撿到什麼？長什麼樣子能說說嗎？」我客氣的問。

師父遲疑了一會兒，還是點了頭，似乎現在說也不算什麼了，「一張彩券。」

什麼!?我跟老弟兩個人都傻了，「彩券？你是說每週能中獎的那種？」

「對，但是是假的，只要抽出來看就會知道是假的。」師父比劃了一下，「小小的彩券，外頭還套著紅包袋。」

老弟幾秒鐘說不出話來，他看著師父秀出模擬圖，我們都是一股火往上冒，因爲這不是單純紅包袋，上方有一截還露出彩券的字樣，跟外面買的彩券一模一樣啊！

「師父，這太缺德了吧！這種丟在路邊，一堆人會去撿吧！不管是不是當期，很多人會誤以爲彩券撿走啊！」老弟放大圖片，完全一樣。

「如果單純紅包袋的話，還沒人敢撿咧！」我也不客氣的看向師父，「這樣是害人吧？」

「不。」師父心平氣和的回應著，「你不貪，就不會去拾撿不是嗎？」

我跟老弟同時深呼吸的聲音，大到絕對有回音。

「而且師父只是提供一個方式，做不做在那個人。」送上茶的小弟很小聲的回應。

我咀嚼著這句話，馬的聽起來還有幾分道理，就跟我賣炭沒讓你燒炭自殺、我賣水果刀也沒人叫你拿去砍人是一樣的意思。

「兩位要明白，有事來找我，我提供解決方法，這是我的專業；但我提供之後，對方要怎麼做，要不要做，我都會把情況解釋清楚，是他來決定的。」師父氣定神閒，將茶杯推到我們面前，「而他實行之後，人們也有會不會上勾的選擇。」

老弟盯著那杯茶，也在思考，但我們很有默契的誰都不想碰

「你賣刀時，不會跟客人說：如果你有討厭的人，可以用這把刀刺進他的身體裡，這樣你感覺會舒服些。」老弟修長的手指，禮貌的將杯子推了回去，「師父，責任別撇得這麼乾淨。」

「但做決定的始終不是我啊，也不是我將刀子刺進去的。」師父依然淡定，堅持著他的理論。

「好，隨便！至少我們知道這是怎麼回事了！」我拽了老弟往外走，「師父謝啦！我們如果要處理會再來請教您！」

師父嘴角向上挑了幾度，一種似笑非笑的笑容，朝我們頷首，起身想送我們；我哪有那個時間跟他客套，拉了老弟就急忙往店內趕，按照師父的說法，噩運會牽到我們店裡，就表示店裡有人可能撿過那玩意兒！

「不會這麼註定吧！真的有人撿到？士行？博仁？」老弟邊走還邊唸，然後我發現這十五分鐘的路程末段——「……靠！這是那條單行道耶！」

我忍不住停下腳步，直走往左轉彎過去就可以到店裡了，問題是這樣不又要經過那個路口？我們兩個這樣走來走去真的好嗎？

「這裡沒有腳踏車可以借，妳要繞的話要繞一大圈耶！」老弟莫名其妙的比我膽子更大，「走啦，妳什麼時候這麼俗辣？」

「我這叫俗辣？我是不想沒事找事好嗎！如果我們店裡的人都被牽連，下一個輪到我們的火被滅耶！」我抱怨著，但我身體很老實的繼續前行，「剛剛那個師父也只是說我們的火還好，天曉得接下來會不會衰！」

「老媽不是說，夠強不用怕啊，隨便都能復燃！更何況我們至今都還沒有遇到什麼倒楣事，運氣也還不錯！」老弟像是在增加我信心。

我無言的看著他，「這話你說得出來？我們去年一整年遇到了多少事？我他媽的身體裡還封了個惡魔。」

老弟瞅著我，忍不住噗哧一聲笑了出來，搞得我也無奈的跟著笑出聲，兩個人跟神經病一樣從輕笑到狂笑，一路哈哈哈的經過了那個滿是血腥與陰氣的路口……或許是用歡笑壓制內心的恐懼，但這眞的太好笑了，是個人都很難想像會經歷這些事，而且說實在的，當遇過墳地惡鬼意圖上身、整個遊樂園變鬼城外加時光倒流、惡魔召喚這些事後——

就幾隻凶惡找東西、愛滅火的亡靈算得上什麼是吧？

「果然凡事都是比較級的啊……」老弟站在店門口，上頭掛出公休的牌子，依舊忍不住笑意。

「對啊，還講經驗值？」我用腳踹了踹鐵門，應該有人在裡面了！

老闆說是暫時歇業，但博仁跟我們偷偷說，老闆覺得開餐廳很難賺，人又難請，決定轉換跑道；門口貼公休也是騙人的，過幾天會改貼內部裝潢，最後不了了之的房東會貼出招租公告。

到這間店打工，我也覺得是運勢差的一環，這間店眞的是我遇過最差的店了。

裡頭果然傳來聲響，老弟也在群組裡傳了訊息，說我們倆個在外面。

「你們來得好早喔！」果然是博仁，想也知道，他是現在唯一還能動的。

「老闆沒來？」我進店先環顧四周，就他一人。

「他最好是不要來，我都沒想見到他，煩！」博仁一臉不快，「我現在就求他不要拖我們薪水！」

老弟將鐵門拉下，回身看著店裡愣了一下，「桌椅咧？」

博仁聳了聳肩，「你們還沒看廚房咧，烤爐都撤了！」

我趕緊跑過去，那一整個碳火烤爐已經被搬走了！從店長出事至今也才兩天，老闆的速度也太快了吧！昨天在群組通知，人員不足，店需要休息一段時間而已耶！

「這眞的是不可能再開業了，今天月底，薪水最好不要想汙掉。」老弟也很不爽，「在這裡半年，我也沒很想再待了啦！」

脾氣好的老弟難得這麼大聲，我還得趕緊上前安撫安撫，沒事沒事，老媽掛在嘴上的嘛：吃苦當吃補！這就是我們出來打工的主因，想想遇到這麼爛的老闆後，以後遇上什麼也能平常心面對了對吧！

我們進入休息室把櫃子裡的東西取走，看著老闆辦公室的門大開，裡面已經什麼都沒有了，看來預備金也清空了，非常乾脆。

「欸，博仁，你最近……有沒有在路上亂撿什麼？」我試探性的問。

「什麼？」博仁已經收好，他東西就一小袋。

「……彩券？或是……」我想想李白旺說了什麼，包成一袋錢的樣子，「一袋假鈔？」

博仁揪起眉心認眞的看著我們，「你們有遇到什麼了喔？」

唉，當我沒問！我磅的關上櫃子，還因為太大聲嚇到了老弟，他哇啦一聲，眼珠子都快瞪出來了！

「這麼沒膽啊你！」我半嘲弄著，結果餘音未落……

我跟他中間的櫃子開了。

開門處是靠我這兒的，那鐵櫃就這麼緩緩的打開，還不是因為我太用力關上櫃門的彈開，而是真的用很慢、很慢的速度，往外一點一滴的拉開。

我跟老弟的櫃子沒有連在一起，因為先進店的是我，他下個月才進來，而我們中間的櫃子，不偏不倚，就是上鎖的千慧櫃子。

我剛有說過上鎖了嗎？

我連動都沒敢動，在我右手邊的博仁跟沒事人一樣在滑手機，完全沒留意到梗在我跟老弟之間的異象，而老弟默不作聲的看著櫃門打開，一直朝他那兒張開……啪！他居然單手扣住了門！

「咦？」博仁這時倒是聽見了動靜，「欸？你們怎麼打開的？不是鎖著嗎？之前店長還想著要怎麼撬開不必賠錢咧！」

他就這麼從容的走到櫃子前，朝裡頭伸手探尋。敞開櫃門後方的老弟探出頭來瞥了我一眼，我們倆都不動聲色，看著博仁安全無虞的樣子，只能想是千慧冥冥之中的協助了，感謝感謝！

千慧櫃子裡的東西異常的少，只有面紙、圍裙還有一些髮圈之類的物品，博仁把東西拿出來後，準備拿店裡的袋子裝起來。

「欸，這個還給她老公嗎？」他走了出去，「我不想再去了啦！」

「叫老闆送去吧。」老弟居然提出了挺不錯的要求！

我往櫃子裡看去，我不覺得這櫃門的自動開啓，只是千慧希望我們把髮圈跟面紙送回她家這麼簡單……打開手機手電筒，朝裡頭照個清楚，燈光亮起的瞬間，我的心就涼了一半。

紅色的、極薄的一個彩券紅包袋，就躺在櫃子深處。

「NONONOONOO！」我簡直不敢相信，「別告訴我是妳撿到的！」

我伸手把那紅包拿出來，抽出那張彩券，標題以下空白，這就是師父說的那個！

老弟在壁上又撈出了兩張鈔票，正是玩具鈔，坐實了李白旺的陷阱，他用了一疊假玩具鈔，裡頭藏著彩券，故意用信封紙袋包一綑後，再用塑膠袋裹好，欲蓋彌彰，又讓人覺得那包像是鈔票。

「天哪……李白旺扔掉的霉運，過給了他老婆嗎！」老弟跟我一樣詫異，「千慧也沒說，她留著這些是要做什麼？如果是我撿到那玩意兒，我會氣死丟掉吧！」

「她老公應該不知道。」我甩著那彩券，「她把這個放在店裡，大家才陸續遭殃嗎？這霉運是有多嚴重？」

「老姐！」老弟突然握住我的手，「妳怎麼說拿就拿？」

我愣住了，「怎樣啦！」

「連千慧走了霉運都沒結束，妳一碰豈不是過到妳身上了？」

咦！我一怔，再看向彩券紅包，言之有理啊！

看見影子自外頭走進來，我順手一收，直接把彩券紅包往牛仔褲口袋收妥！

「老姐！」老弟低吼著，博仁愣愣的探頭。

「又吵架喔你們？」

「沒！沒事！」我一把推開老弟，「怎樣，東西收好了？」

「嘿呀，我也幫店長收一收，等等去看他。」博仁一臉無奈，手上拎著千慧的東西，「至於這個——」

「不！千萬不要！你立刻回家，不要去醫院。」我即刻阻止，「晚上都不要出門，乖乖在家裡待著！」

博仁不解，越過我朝老弟看去。

「怕就怕下次就不是扭傷這麼簡單了喔！」老弟還真婉轉，「事情結束前，我覺得別走夜路，修身養息比較妥當。」

博仁聞言，顫了身子，渾身起了雞皮疙瘩。

「媽呀你們兩姐弟一搭一唱嚇死我了，講得跟什麼……一樣……」他神色凝重起來。

他不可能沒有聯想，千慧之後其實先是他、再來是士行與店長，店內除了老闆跟我們姐弟倆外，接連意外發生，死亡與重傷。

沒多久，他做了一個深深深深深呼吸，認眞的看著我。

「我需要知道原因嗎？」

「不需要，就回家……去正廟拜拜，求個護身符之類。」我這是良心建議。

他看著手裡的兩個袋子，「那這個？」

「給我吧。」老弟掠過我上前，主動接過了兩個袋子。

氣氛一時尷尬，他把店鑰匙也拿出來，不知道該說什麼，躊躇遲疑的走進走出……

「就滾吧！」我不耐煩的喊著，婆婆媽媽個什麼勁兒啊！

「掰。」博仁一秒離開。

老弟無奈的瞥了我一眼，「老姐，妳這樣嫁不出去。」

「呿，我都這樣了我還期待結婚嗎？」我轉身朝自己櫃子走去，「我自己櫃子還沒清乾淨呢。」

「不錯啊，至少未來的姐夫不敢欺負妳，他只要敢造次，妳就可以一口吃了他。」

「呵、呵。」我乾笑兩聲，「你老姐被欺負？用得著惡魔嗎？我一個人就可以把他踢得滿地找牙了。」

呼，東西拿妥，我二度用力把櫃子關上。

「好了，該把事情解決一下了。」

老弟站在休息室門口，嚴肅的看著我。

「所以？」

「我們就來看看我身上這三把火，他們能怎麼滅吧！」

「去！妳去！你們都給我滾！今晚誰都不許回家啦！」

鏘、磅，鐵門關上伴隨著木門甩上，我跟老弟就這麼站在自家門口，被老媽怒氣沖沖的趕出來。

我們沒掙扎，默默的坐電梯下樓，因爲今晚本來就是要回到那個路口去看看的，老媽一聽說我們十一點多還要出門，又是那個肇事路段，就氣得直接把我們趕出來了。

「老媽好生氣喔！我們也是去做好事吧！」我咕噥著，坐上機車後座。

「我就說不要講實話，妳硬要說什麼去那個路口看看有什麼東西！」老弟根本懶得說太多，發動車子就出發了。

串燒店自然離我們家也不會太遠，兩公里路而已，不過今天要把注意力集中在那個路口，所以「走夜路」這段，不要浪費在其他地方。

只是騎出去沒多久，車速卻越來越慢。

「掛了。」老弟低首看著機車，怎麼樣都發不動。

我們把電動機車牽到旁邊，才發現根本沒電了！我忍不住盯著那台機車看，這算是衰的開始嗎？

「一般機車會這樣嗎？停的地方不是有供電嗎？」我雙手抱胸，嘆了口氣，「看來低運勢開始了。」

老弟乾脆放棄，「我們還是走過去吧！」

「好，我——」我才跨出去，腳立即踩空，老弟飛快的上前把我抱住！

我驚出一身冷汗，站穩後才發現我剛站著的那塊人行道磚居然是鬆脫的！落差不高，但要是剛剛老弟沒扶住我，那就是腳拐到或是仆街了。

哇喔，有點厲害。

「我會被帶衰嗎？」老弟好奇的問。

「同一間店都會牽連了，更別說你是我老弟。」我拍拍他的手臂，好自爲之啊。

肩上有沒有火我們看不到，但從同事發生過的事情來看，身體其實還是會有感覺的，如果火等同於陽氣，一旦減弱就會有虛弱之感……但體能強健如我，眞的還沒感受過什麼叫「虛」。

「欸，你要是覺得不舒服或發寒，記得跟我說喔！」我目標轉向比我肉咖的老弟。

「我謝謝妳。」老弟沒好氣的翻著白眼，兩個人疾步走在寂靜的人行道上。

說眞的，午夜走在路上本來就會空虛些，即使路燈通明，二十四小時的店家開著，還是掩不掉那罕有人煙的空曠感，比較敏感的人可能就會覺得不安，或是身後有點腳步聲，也跟著疑神疑鬼。

不過我跟老弟結伴而行，就眞的沒那種感覺。

「我眞希望老闆也能有些感覺！這太不公平了，他就啥事都沒有？」是，我還在不爽老闆，「千慧的火他滅的，店長跟士行的肩他拍的……他就是故意的！」

「他想證明事故跟三把火沒關係！回想起來士行三把火都有被拍，店長剩一把，博仁倒是沒有被老闆動到。」老弟嘆口氣，「但即使大家接連出事，他還是能說是巧合！」

「三把火這種事本就難以證明，像我根本看不到啊！」我再多看了老弟的肩頭一眼，「但從大家出事的情況看來，還是尊重一點好。」

「老闆或許是氣勢比較強的人吧，畢竟是老闆，但是我相信總歸有報應。」

「未來有機會，我要再問候問候他！」我眞不信誰可以永遠順遂。

尤其像老闆這麼缺德刻薄的人，如果還一生平安就太扯了！這樣對受到他折磨的人來說，也太不公平了。

身後傳來了腳步聲，我直覺的拉過老弟靠邊些，好給人家一條路走，這足音是奔跑聲，晚上不乏有人跑步，又清靜又涼，我以前也常這樣在晚上練跑。

聽著跑步聲逼近，在狹窄的人行道上，擦撞到老弟肩頭。

「啊，抱歉！」

「沒關係沒關係！」老弟連忙說著，小幅度的擺手示意。

然後對方從老弟左邊奔過，說了聲謝謝，便繼續往前奔跑了。

如果，我們能看到人的話……嫣呀！

足音是持續往前奔跑的，但是沒有人影。

我揪著老弟衣服的手更用力了些，他身子緊繃起來，默默低首回想剛剛對方是撞上他的後背？還是拍上他的肩頭？他竟然忘記了！

「好認眞。」我良久能吐出的話只有讚許，「堅持不懈的鍛鍊啊……」

人都已經不在了，亡魂還在繼續練跑嗎？我大膽推測，對方可能就是在夜間練跑時出的事，在魂魄無意識狀態下，仍舊持續維持他的跑步大業。

氣氛變得詭異了，我跟老弟默默的往前走，我們開始變得敏感，提高警覺，總覺得一點風吹草動都像是有什麼東西靠近似的。

越走，我越開始覺得人們走夜路的情緒，眞的太符合疑心生暗鬼了！這樣的心態與磁場，是不是更會引來一些東西呢？

「小羽！」

後方突然有人清楚的呼喚我的名字，我登時愣住，因爲那是千慧的聲音！

我止了步，「你聽見了嗎？」

「什麼？」老弟謹愼的緩下步伐，他銀邊眼鏡下的雙眼帶著疑惑。

不回頭就沒事了對吧？我深吸了一口氣，整個人轉過身體，朝著身後望去。

長長的人行道上，什麼人都沒有。

「剛剛有人叫我小羽，聲音像是千慧的。」我沉穩的說，「就說了很少人叫我小羽的！」

「希望我們回頭嗎？」老弟也是採用整個身體轉動的方式應對，「看來是鎖定了。」

那是當然，我褲子口袋裡的彩券還在咧。

另外我們身上當然也備了護身符，我的愛將甩棍，還有打火機跟一疊紙……嗯，萬一火熄了，想說打火機幫忙點點看，能不能助燃。

「喂，你們怎麼敢來啊！」

後方有人這麼一喊，我跟老弟下意識的立刻回頭——士行！

就這麼一秒，我往右、老弟是向左，回頭看去只有在遠方黑暗中的人影，朝著更遠的地方奔跑。

「——可惡！」我怒吼著，即刻看向右肩，中計了啦！

4.

「好樣的……眞厲害，一環接一環。」老弟也盯著自己的左肩，我們兩個剛剛那一瞬間都忘記：士行也已經不在了。

我們轉正身子後，朝前方看著那已經消失黑影，甚至是不是人都不知道，看起來步伐挺愉快的，可能正朝著那個路口去吧。

我們不約而同的拿起打火機，就在自己的肩膀處點燃一下，莫名其妙的動作，看起來很蠢我知道，但說不定眞的有效咩！

「點久一點，說不定可以燃起。」我認眞的說。

後頭馳騁過的機車還回頭看了我們一眼，眼神彷彿在說這兩個是哪裡有病，邊走邊在肩頭點一個打火機。

遠遠的可以看見位在對向車道邊的串燒店了，現在當然燈是全暗的，而且不只是招牌，這條路的燈也特別的暗，路燈開始閃爍，降低暗度，活像是電力不足或是燈泡該換了。

「變冷了。」老弟壓低了聲音。

我緊握拳頭，把甩棍拿在了手上，氣溫降沒幾度，但隨之颳起的風卻眞的讓人打起哆嗦來，我專注精神的邁開步伐，前往那個多事故路口，每一步踏得紮實，同時也豎起所有天線，觀察著周遭……遠方那路口的紅綠燈出現的紅燈停好久，我發現根本沒有轉換過。

昏黑的夜裡，前方只有那兩盞紅燈，不僅僅是紅燈波長長而已，總覺得那燈越來越刺眼。

「也太黑……搞得紅燈好醒目。」等等，爲什麼四周會變得這麼黑？好歹來個車燈啊？

結果別說我身邊的車道後方無來車，曾幾何時，連對向車道也都沒來車了……而且整排微弱的路燈，已經弱到幾乎沒了光線。

不妙！我搓著雙臂，這風颳得我有點起雞皮疙瘩了。

「跟我跟緊點。」我往左拉，想把老弟拉過來……嗯？手一勾，卻撲了個空，「唐玄霖！」

我身邊沒反應，我整個人側過身去看，我身邊沒有人！我身後也沒有人影，連人行道我都看不見了，現在是徹頭徹尾的黑。

待我正首時，剛剛那微弱的光也消失了。

啪啦！我打開手電筒的那瞬間，我右手邊有張臉刹地閃離！

「馬的！」我尖叫一聲，右手下意識的拿著甩棍劈過去！

該死！我那是肌肉反應，怨不得我喔！

「唐玄霖！回答我！」我高喊著，但回應我的，只有黑暗與隱約的笑聲。

前方紅燈依舊，我抱著雙臂，不假思索的往前快步走去，走在眞正的夜路之上。

窸窸窣窣的聲音自四面八方傳來，照理說我右手邊該有店家……但我現在沒有探索眞相的意思，我就是盡量走在人行道的中間，不去理會那些聲音，雖然但是……我就是覺得有人是緊跟在我身後的。

走得再快，紅燈卻依舊離我很遙遠，沒有拉近一點距離。

而身後那個人，卻越跟越近。

我猛然煞住步伐，不再做無謂的體力消耗。

死寂般的沉默在漫延，黑暗包圍著我，暗到我連前方一公尺處都看不見，但後頭卻異常的冰冷，不知道是風，還是……

呼……有人又在我後頸，吹了一口氣。

「哇呀！」我嚇得撫上後頸，整個人嚇得回身往後，抄起手上的手電筒就往後面照！

但我轉得太急太猛，腳跟絆到了凸起的地磚，直接向後踉蹌數步，重重摔上了地！我的屁股啊！

甩棍飛出去了，我換手拿手電筒朝前亂照，詭異的依舊只有那束光，旁邊什麼都照不亮。

我什麼都來不及反應，左手還向後撐著地咧，一股冰冷就從我右肩擴散來……我瞬間僵直身體，清楚的感受到有一隻手，正搭在我右肩上，然後往上延伸，朝我的臉摸上來。

我動不了，我感受到那隻手如冰塊般，我舉著手電筒的手除了顫抖外，我幾乎動不了。

『妳撿到……我的……東西嗎？』

手指頭一根根的貼上我的臉頰，我想要甩開時，左肩啪噠的又一隻手搭上——可以這樣嗎？幫忙熄火？我又沒回頭！

這隻手沉重得多，而且不客氣的從肩上過來後，直接往我頸子掐過來。

『我們的東西，在哪裡呢？』

這一聲怒吼裡，夾雜著是好幾個人的聲音啊！我咬緊牙的從口袋裡即刻拿出打火機，但另一隻莫名的手卻倏地握緊我的左手，意圖制止我的動作！

「不不……不要太過分！」我咬著牙，我都已經碰到打火機了，「走開啊啊！」

我使勁的收回手，甩動著身體，同時點燃了打火機。

我管他有用沒用！先點——火從打火機中燃起，我看見了我身邊圍了一圈頭破血流的亡者，有人半邊的臉消失、有人身體被撕開、有人頸子斷去，沒有一個人是完整的，團團包圍住了我！

『這個沒有用啊……』他們笑了起來，驀地一隻大手從天而降，往我的頭罩了上來！『滅！』

電光石火間，我收回右手，把手電筒擱上頭頂。

「滅你個鬼！我說了，不要太超過。」

『我們也說了——』一群亡靈張牙舞爪的同時朝我大吼，『把東西還給我們！』

「走開啊啊啊啊——」我再次點燃打火機，隨便朝著他們臉上亂揮一把！不知道是不是真的有效，那群亡靈在尖叫聲中紛紛逃避，立刻就看不見了！

我哪敢多做停留，一骨碌起身，我發現手電筒怎麼照都照不出十公分的範圍，但是如果點燃打火機……卻可以照得更遠。

趕忙在左右肩各燒了一下，便條紙……靠！便條紙在老弟那邊，我身上沒有！

「起！起喔！快點燃起來！」我拼命拿著打火機在右肩搖晃，再換左肩，「換你了快點！」

我直覺有點不太妙，因爲我好冷……尤其肩頭跟後頸項，覺得脫力又發寒，這就是火被滅掉的感覺嗎？甚至連……腳都開始覺得有點麻了。

『欸，小姐！借個火好嗎？』

咦？我顫了一下身子，聲音從較遠的左後方傳來，距離我有段距離，在這種地方最好有人會跟我借火啦！我們都查過了，夜路上如果有人借火的話……

「不要。」我斷然拒絕。

『就抽根菸啊，我打火機不見了！很哈。』聲音是個男人，相當沙啞，『拜託一下。』

腳步聲朝我這裡走來了，我深吸了一口氣，發現連空氣都是冰的，吸進肺裡時好像吞了冰塊進去。

手電筒已經沒效了，我隨手插進斜背包裡，左手再度點燃打火機，準備迎接這位不速之客！博仁那晚在垃圾箱鬆脫時，是不是也聽見有人找他借火了？

搖晃的身影緩緩走來，其實那是個……我嚥了口口水，看著上半身正常的中年男子，他吃力的走來，好像沒有留意到自己腰部那一塊是空著的，只剩下脊椎骨勉強支撐著，下半身看起來也正常，就是中間那稀爛得像是被碾平似的。

他手裡眞的拿著一根菸，朝我遞來，『借個火，』

我收了收手，「你要借我哪個火？」

男人並沒有看著我手裡的打火機，眼珠直接上抬，看向了我的頭顱上方，咧嘴一笑。

『妳也只剩那點火了。』

「唐——恩——羽！」劃破天際的尖叫聲傳來——千慧的聲音！

我倏地正首朝前，遠方的紅燈竟然突然轉成綠燈，而且那燈像是會瞬間移動一樣，從一百公尺外，瞬間來到了我的面前，近在咫尺！

重點是，他們是在前方的！跑——

男人焦急的朝我伸出手，試圖把我拉住，但我已經扭身朝前方直奔而去，同一時間一股強大的力量直接擊中我的背部，使勁將我往前推……推了個踉蹌，直接仆街！

雙手都搓上水泥地時，疼痛感讓我簡直瞬間清醒！

叭——刺耳的喇叭聲同時響起，我耳鳴得厲害，聽著車聲呼嘯而過，隱約的還有人在罵髒話：看路啊妳！

都還沒能反應，有人便粗魯的勾住我的腋下，用力把我拽起身！

「老姐！妳沒事吧？喂！」唐玄霖的臉出現在眼前，慌亂至極，「妳嚇死我了，就差一點點！」

「停……停停停！不要再搖了！沒暈都給你搖到要吐了！」我活像搖頭娃娃似的。

老弟趕緊停手，憂心忡忡的查看我，我舉起帶著鮮血的手掌，他沒良心的直接打掉，檢視著其他地方。

「妳剛站在路中間妳知道嗎？紅燈啊！我差點沒給妳嚇死！」老弟指著我後方，「然後那一台大車直接彎過來……就幾秒……」

他有點語無倫次，彷彿還在震驚當中。

回過身，我其實剛剛應該就是站在斑馬線上，也正是千慧那天出事的位置，現在行人號誌轉成綠燈，看來剛剛是我違規了。

「你一直看得見我嗎？我……連我什麼時候走過來的都不知道。」我做了幾個深呼吸，人眞的不太舒服，直接朝老弟肩頭靠去。

老弟趕緊抱著我，他比我高十幾公分，靠起來剛剛好。

「妳走得很快，我怎麼叫妳妳都不回應，我就知道出事了！我後來想追上妳時，就被人喊住了！」老弟似乎是現在想起來才後怕，微抖著身體傳遞給我，「問我有沒有帶打火機，跟我借火。」

啊……搞不好跟剛剛那位大哥是同一位咧！

「你回頭了？」

老弟倒抽一口氣的聲音太明顯，我知道他回頭了！這是直覺、下意識，或是多了點驚恐，總之那種情況下，直接回頭才是人之常情吧！

「等我發現到時來不及了，那個人直接衝到我眼前，我嚇得拿老媽的護身符起來擋……再睜眼時，妳就不見了，整條馬路黑得要命，只剩下前面的……」

「紅燈。」這兩個字，我們是同步說的。

看來老弟遇上跟我一樣的事，但他狀況好像沒我這麼慘，大概因爲彩券在我這兒吧。

「我喊了妳幾聲沒反應，我也不敢待，就只能硬著頭皮往前跑，旁邊一直有聲音……像追著我跑似的，我都沒理，專注的直接往前衝就對了。」

「不怕跌倒喔？」怪了，爲什麼我就摔了？

「哪想得了這麼多，要跟我借打火機的大哥一直在後面追，還有幾個女孩子在笑，要我看看她們那樣好不好看，但突然有個喇叭聲超大，那種情況下我眞的是被嚇到跳起來的——結果我差幾步就要踩上斑馬線了，就在人行道邊邊。」老弟指向對面，「我才一定神，就聽見車聲，車子要右轉，然後妳站在紅燈的斑馬線上……」

接下來就是他衝過來拉我了。

「下次這種情況不要傻傻衝過來，你沒看電影在演的？一般我如果獲救，你就中獎了。」我嚴肅的機會教育，「沒把握救下我，就不要拿自身冒險。」

老弟望著我，嗯了很長音，「嗯……做不到！啊不救怎麼知道會不會成功？妳看我們現在好好的啊！」

「那是因爲我先跑了好嗎！我不是傻傻被你推啊！」當然，有一說一，老弟也不笨。

他不是搞那種犧牲式的推我向前，而是一起跑。

「所以妳站著不動幹嘛？我整個都傻了，我還看見妳回頭，本來以爲妳注意到那台車！」

「巧了，因爲也有人跟我借火……」我正要舉起左手的打火機，才發現打火機已經不在手上了。

兩人往斑馬線看去，有個扁掉的打火機靜靜的躺在路面上，已往生。

應該是剛剛轉醒的奔跑中掉了，那時也沒辦法思考這麼多，只知道就是衝……喊我全名的應該就是千慧吧？眞心感謝！

老弟趕緊掏出他的打火機，幫我點燃火，我說左右兩肩都中獎了，頭部差那麼一點點，但我現在覺得發寒想吐，搞不好火光已微弱；他在我肩上燒著，還煞有其事的比了一個結手印，有模有樣的低喝著，「起！」

「有效沒效啊，只要這樣喊就有用嗎？」

「不知道。」老弟誠實回答，接著換我幫他點燃右肩的火。

兩個人眼神對到時忍不住笑了起來，啥都看不見、什麼都不知道，活像兩個傻憨憨！

「好啦！假設火都點燃了，就來面對現實吧！」我們看著陰暗的路口，已經快凌晨一點了，那路口眞的給人一種很不舒服的感覺。

路上沒什麼車子，隱約的有許多影子浮現，而且柏油路上好像漸漸也血跡斑斑了……我的指尖開始發抖，這夜太長了。

「我們走來這裡，還不一定能走回去，這段夜路太凶險了。」老弟搖了搖頭，「妳覺得去跟李白旺要回東西……」

老弟話說到一半，突然雙腳一軟，直接跪了下去！我眼明手快的攙住他的身體，他整個人眞的脫力似的，得扣住我的肩才沒有直接倒下！

「喂！你怎樣!?」

老弟臉色刷白，瞬間冷汗上湧，直接蹲下，拼命抓著我的手抖得厲害，表情相當痛苦！

「我突然……很不舒服！想吐！」老弟直打寒顫，「而且氣力像是被抽掉一樣……我腳軟啊！」

「喂喂！你確定你只有被滅一把火嗎？」老弟狀況看起來好糟，只不過短短幾秒時間，他額上已經全是汗了，這比我還嚴重！可惡！

老弟痛苦的搖著頭，他根本不知道，我也說不出個所以然來，可是依照現在自身的感覺，我們都發冷、無力，還帶著窒息感……說眞的，我沒關係，但就不能動我弟！

紅色的液體從老弟腳下流淌而過，我們不約而同的低首，這血跟小瀑布似的，從人行道上流下，無形的壓力從四面八方殺至，我知道在路口的我們，即將要面對在這路口出事的人們。

逃是逃不掉的了！

「走！」我攙起他，待在這裡沒有用。

我們沒有回頭去看血從哪裡來，這一點都不重要，現在這個路口再度淨空，交通號誌的小綠人正在行走，但是顏色卻變成紅色，邊走還邊滴著血，很有創意嘛！

路上紅燈開始呈現令人不快的閃爍，啪、啪、啪，地上業已血流成河，各種痕跡到處都是，均爲此前所有事故的統一展現。

「我覺得快喘不過氣了……很累，好累……」老弟咬著牙搭著我身子往前走，「而且有人一直在我背後拉著我！」

「馬的！所以你才這麼重！」我硬拖著他，就往路中間那個破碎待修的中央分隔島走去，「你給我撐下去，今天得把他們解決掉。」

「怎麼解決？妳要小心，他們……好吵！不要碰我！」老弟突然暴怒，使勁甩著頭。

「別忘了，我們不只有兩個人。」我喃喃說著，用拖的也把老弟拖到分隔島了。

這塊分隔島已經殘缺，我隨便找個地方讓老弟坐下，他現在也沒力氣站直，渾身抖得厲害，雙手掩著耳朵……我可以看見他身邊有一大團渾濁的黑影，但都不甚清晰。

「東西你們都用不上了，要錢做什麼？」

『那是屬於我們的金子！』拔尖的聲音在我身後響起，『我們七個人的！』

難怪這麼麻煩，果然是那兩台車七個人！

等等，金子？那袋子裡是金飾！李白旺騙我！

紅燈閃爍的速度慢了下來，燈光暗了好幾個色調，血花四濺的柏油路上，一個接著一個的殘缺屍塊陸續現蹤，這陣子出事的亡者都出現了。

就在我腳前，便躺著剛剛借火的大哥，他斜躺在路上，肚子那段血肉模糊，沾著他血的輪胎痕一路往遠處延伸，果然是被碾過的；他吃力的撐起上半身，直接看向我，又伸出手。

『小姐，借個火吧！』

「你是不怕肺癌是吧？」我睨著他，想著他害老弟滅了一盞火，我就想踹下去。

『走開！』某個彪形大漢突然擋到了我面前，『不還東西，就拉妳過來……這次換誰？』

一雙手冷不防的自後包住我的後腦杓，直接往前伸，冰冷的指頭完全覆住我的臉，速度快到我驚嚇不已，瘋狂掙扎。

「呀——不要碰我！」我雙手想摳下遮住我雙眼的手，但……「鬆開！」

摳不下來啊！怎麼可能呀！哪有這麼扯的！

「那些金飾也不是不能還你，我知道在哪裡。」老弟的聲音居然飄來，「但是我要交給誰？」

滲入我背部的冰冷感凍我肺腑，我已經可以感受到有人巴著我的背，雙腳還夾著我的身子，觸碰我的地方都寒冷徹骨，但卻在老弟開口時，停住了動作。

『給我！』聲音在我正前方，是那個凶狠的壯漢。

「爲什麼？你們不是在搶嗎？誰是主人？錢就一包，我得給正確的人……」老弟有氣無力的說著。

他希望他們打一架嗎？

『給我，那是我的。』壯漢的聲音驀地到我身後去，『老吳已經抓交替走了，我義氣讓他先的！金子當然是要還給我！』

啊咧！另一派的首腦已經先走了嗎？所謂抓交替……是士行？還是千慧？我

聽著，滿腹不爽！

「好，那得讓我去拿回來吧……好好的還給你們。」老弟說著，竟笑了起來，「只是你們還要那些東西有什麼用？你們都已經死了。」

地上有碎石聲，彷彿是老弟在移動腳步，但他不是連站都站不起來了嗎？

『我會找到東西的，你走不了的，你的火就剩那麼一盞，微弱得連照都照不亮。』壯漢冷冷笑了起來，『一次兩個，剛好給兩個人……』

老弟也被滅了火？什麼時候的事？

「你們要找的人是我吧！我才是撿走金子的人，而且沒有我，你們根本找不到那玩意兒的！」我趕緊大吼，不想讓老弟受傷！

「都知道要抓交替就表示都知道死了，錢就是要留給親屬用的對吧？你們以爲親屬能找到東西？」老弟再度突兀插嘴，找死啊老弟！「那是不可能的，你們找我們麻煩，我們也做了準備，哪個路口沒死人，誰不想抓交替離開，你們家人就能好好過嗎？」

咦？我發著顫，老弟在說什麼？我們壓根兒不知道這群匪徒的家人是……誰……啊！

「對。」我倏地雙手伸向耳後，抓住了圈著我的那雙冰冷纖細手腕，「妳家人身上的三把火，我也能把它們滅了。」

『妳做夢！』我身後的女人尖吼著，直接由後抱住我整顆頭，並且將我往前推去。

我清楚的感受到，她用力拍了我的頭頂，在那一瞬間，寒意是從頭底貫穿到腳底的。

我的最後一把火，滅了。

無法控制的身體往前仆，只怕可能又有一台要右轉的車，會突然看見衝出的我而煞車不及，而我便成爲下一個待在這路口的人——如果。

應該要倒下的身體，以一種麥克傑克森的銳角角度穩住了，我的肌肉發達、核心強健，但也沒辦法眞的與地面呈現三十度角的斜立著，這不是我唐恩羽、一個區區人類能辦到的。

熱流一秒貫穿我全身，後背的壓力像被彈開一樣！我都能感受她的手試圖抱著我的頭，卻徒勞無功，接著……我總算能看見眼前的一切：柏油路，還有紅色的世界。

不是血，是躍動的光！

我的身上，散發著紅色的光芒，我試著站直身子，毫無阻礙，而且沒有任何的不適與負擔，那些寒冷或是虛弱都煙消雲散了。

我的雙肩與頭上，眞的有三團紅火球浮在空中在燃燒！

我現在看得可清楚了，七個匪徒剩五個，有兩個應該就是拖了千慧跟士行走的，其餘的事故往生者我不認得，敵意不重，不過都還是希望藉機抓交替的人。

「滅我三把火是吧？」我現在感覺超躁熱的，「他」眞的很餓，「沒想到我有六把吧？滅我三把，我還有……」

惡魔的三把嗎？好弔詭啊！

壯漢噎著變得巨大，怒目瞪視著我，看來他……不覺得害怕？

「什麼大哥的，我還以爲多厲害……連抓交替都這麼差勁！成功率這麼低，有兩個人沒事喔！」我抽出了口袋裡的彩券，在他們眼裡，這就是他們丟失的那袋金飾。

「黃金在她手上！」老弟突然大吼，指向了我。

毫無懸念的，壯漢撲上前就要搶，連帶著其他夥伴們也都朝我衝至，地上爬來其他殘屍亡者試圖抱住我的腿，每個人都想要拖住我！

看來，下一輛車快到了。

『讓我走！』剛剛被彈開的女人頭子是斷的，歪著頭就使勁推了我！

「就她——你的開胃菜，先吃她！」

我大喝一聲，我身體裡倏地鑽出來一抹影子，張口就咬住那女人的頭顱，在她慘叫聲中，大口的咀嚼咬下！

喀滋。

亡靈們面露驚恐，連壯漢都轉身要逃。

「攻擊我的全部都可以吃！今天放飯，送你大餐！」我難得大方啊！

我身上影子即刻衝向逃竄的亡靈，一時間這路口淒厲慘叫此起彼落，我趁機奔向老弟，他臉色看起來依舊很差，我緊捏著手裡的紅包袋，往肩上的火球裡點燃。

「噗……」老弟，他一臉憋笑憋得很痛苦的模樣，指指我頭頂，「肩頭如果真的頂著三團火還蠻好笑的！」

「還有空開玩笑喔！」看他很難受的樣子，暫時放過他。

我挨著他坐了下來，路口的慘叫聲很快就消失了，浮在半空中的帥氣男孩飽足的舔舔舌，看樣子相當滿足，他就像神燈的精靈一樣，從我身上冒出，雙腿以下模糊，跟我的身體是連在一起的，只是現在這條相連的線很長很長。

「我說過不要化作易偉的樣子。」易偉，我的前男友，我不太高興的說著。

『這是我最後的模樣。』惡魔聳聳肩。

惡魔附身在我男友……已經是前已故男友身上，最後被我封進身體裡，至於我這平凡人是怎麼封的，這就說來話長了。

「很熱，麻煩一下！」我指指肩上的火，「低調點吧？大哥？」

惡魔沒在聽，他環顧四周，還想物色新食物。

「沒攻擊我的人，是不能食用的……收工了！」我喚著，原則上要被攻擊，刀才能出鞘。

但……就怕刀一旦出鞘，就很難收回，他不願意回家就麻煩了。

「回來了。」我站了起來，氣勢上不能輸。

馬的！一個人類對上惡魔，我還得比氣勢？我這人生是何德何能？

惡魔轉身，看著斑馬線的方向，那裡有幾個亡靈，我擔憂某個跟柏油路融在一起的會是千慧，動手拉著我們之間的連結，使勁就往回扯。

「回來！你吃夠了！」

刀不入鞘，我自己來！

我用力一拽，惡魔倏而衝回，直抵我鼻尖，我前男友那張好看的臉眨眼間變得駭人猙獰的怪物，張著血盆大口朝著我就是一陣怒吼：吼——

他的嘴大到可以一口把我的頭吞進去，我緊閉著雙眼聽著震耳欲聾的吼叫聲，然後他唰地進入了我的體內！

五臟六腑的衝擊感讓我天旋地轉的想吐，我彎身撫著胸口，老弟趕忙攙住我。

吃力的把身子重心往他身上倚，迷迷糊糊的眼裡看著一點鐘方向的斑馬線上，有個跟柏油路黏在一起的女人，果然朝著我們揮了揮手。

車聲呼嘯，突然闖進耳裡，我跟老弟不約而同的縮起身子，被那聲音嚇著了！

再定神時，我們兩個還是站在破碎的安全島前，看著寬大且罕有車輛的馬路……回到正常世界了。

兩個虛脫無力的人吃力的過著馬路，我的狀況現在比老弟還糟，我用盡意志力撐著才能行走；上一次聖誕夜讓惡魔出來吃飯後，我倒了兩天兩夜……人類的身體怎麼可能跟惡魔共存？所以「百鬼夜行」的老闆才交代我一定要鍛練。勢必找出共存的方式。

「你還……好嗎？」我坐在地上，枕在老弟的臂膀上。

「比妳好……我還是很不舒服，還有……看來打火機是點不起三把火的。」老弟邊笑，已經拿出手機，「我叫外援。」

「嗄？」我皺起眉，這聲啥不是問號，是哀鳴，「找老爸吧？」

「老爸不行啊，還是得老媽來比較可靠！」老弟拍拍我，「妳儘管昏倒，有我在，等等老媽來了就沒事了。」

「老媽……她……」我意識漸漸模糊，張不了口了。

找老媽來喔，別說我們的三把火會瞬間被點燃，光老媽的怒火就可以把我們燒死了啦！

在昏迷前，我聽見了機車由遠而近，停在了我們身旁。

「你們兩個！又惹了什麼事!?啊唐恩羽又怎樣了!?」

老媽來了。

又是兩天兩夜，從我自家中床上甦醒、吃了美味的稀飯後，再跪在佛堂前一小時後，才終於解了老媽的氣。

她問著我到底是怎麼回事？身體變這麼差？我真的不知道怎麼跟老媽解釋我身體裡封了一隻惡魔的事，索性就別說了吧！看老媽那怒髮衝冠的模樣，我突然想到……生氣是不是也能讓火點得比較快？

我們後來跑去找章警官，商量那個路口法會的事，警官說他會找人幫忙，也是要早點處理，避免那麼一直出事；接著再告訴章警官，關於那袋黃金的事，請他去抓捕李白旺。

同時店長脫離險境，我們又再去看了一次，他已經能坐起身，跟他的孩子有說有笑了，幸好！

串燒店門口的公休紙條不知何時已經飛走了，裡面的重要物品也已火速搬空，存摺裡的薪水依舊沒有入帳，努力辛苦過日子的人活得這麼艱辛，老闆該給的又不給，有時做人真的不要太過分！

「對，兩萬一。」我在老弟的錄影下，一張張數完鈔票。

老闆不爽的看著我們，「可以了吧？鬧夠了吧？」

老弟即刻把相機鏡頭移向老闆，「誰鬧了？你店關了不給薪水，還怪我們來討？」

「只是遲點發，我沒說不發啊……小子，人在社會上有時就是會不方便，你看我現在剛好又開一間便利商店，所以……一時手頭緊嘛！」老闆不悅的擋著鏡頭，「別拍！你拍什麼啊！」

「有錢開這麼多間便利商店，沒錢付薪水喔，博仁跟店長他們那份也要給，你如果不給，我會讓他們去你的便利商店討。」我把話撂在那兒了，起身時沒忘記踹了桌子，「走！」

老弟跟著我離開，但錄影沒停過，他覺得現在關上錄影，說不定老闆會露出別的嘴臉，所以一路錄到我們離開便利商店爲止！我跟老弟自從找到他新開的便利商店後，就坐到店裡去要錢，大大的牌子寫著：「黑心老闆欠薪不給」，客人一進來我們就喊，沒喊時牌子跟人就在座位區耀眼奪目，沒兩天就拿到薪水了。

至於店長跟博仁他們能不能要到，就得看他們敢不敢了。

「你說爲什麼李白旺每天經過那條路口，千慧都沒試著在後面叫他啊？」我想想就替千慧不值。

天曉得這麼剛好，她老公丟掉的霉運，被她撿到了。

「一般不會這麼做，就算千慧死得再冤，她還是一位母親，第一時間想到的是：要有人照顧孩子。」老弟話裡其實都是無奈，「再差也只剩他能照顧家人。」

「我們找到他時可是在賭桌上耶，我對他能否照顧家人，抱持高度懷疑！不過話說回來……那我們舉報他，他就不能顧家了，這樣千慧會不會生氣啊？」

老弟瞥了我一眼，「妳才不會在乎咧！」

我望著他，肯定的點點頭，「當然不會！這一切都是他引起的，偷東西、侵佔、用亂七八糟的方法把霉運過給別人，害千慧、土行往生，店長重傷，博仁輕傷，我們兩個都差一點掛掉耶！」

老弟挑挑眉，一臉他「就說吧」的臉。

「我比較在意那個過霉運的方式耶！有點差！」老弟搔搔頭，「雖然那個師父說得在理，做決定的不是他，但是這招居然眞的有用！」

「跟撿紅包一樣啊，好像很多這種事！」我歪歪嘴，「以後東西還是不要亂撿，一張假的彩券，看衰多少人、幾條命！」

「這次沒親身感受，也不知道那三把火是眞的啊！」老弟輕輕拍拍肩頭，「幸好現在我覺得通體舒暢，頭好壯壯。」

拿起安全帽戴上，我不由得回頭再瞪一眼便利商店。

「想到這個我就有氣，如果老闆沒滅到千慧的最後一把火，說不定她還能有救！」

我跨上我的全新重機，老弟也跟著爬上來。

「我是眞不信老闆這種人眞的不會有事，夜路走多了早晚遇到鬼。」他拍拍我，「聽過嗎？天道有輪迴。」

「蒼天饒過誰！」

就算蒼天眞饒過他，將來有機會，我也不會饒過他！

油門一催，重機呼嘯而出，爲了這台車貸，我得快點找到下一個打工了！

後記

【Div（另一種聲音）】

這個故事，是在Mr.Donut完成構思的。

桌子上是一塊原味甜甜圈、一杯冰奶茶，吸管斜斜往右靠，前方是穿著白衣的店員，時而忙碌招呼客人，時而悠閒與同伴聊天。

旁邊坐著兩男兩女，其中一名男子應是五十好幾，特別健談，從居家裝潢聊到股票投資，又從股票投資聊到外國旅遊，我一個閃神，他已經在聊虛擬貨幣，而最後他說自己正在買NFT，還拿出手機炫耀他昨日競標的成果。

他身邊的女子應是他的老婆，說起英文有點口音，感覺在國外旅居過，偶而和丈夫一搭一唱，頗有貴婦架勢。

而對面的男子也是五六十歲，看起來頗憨厚，不時稱讚著第一名男子學識淵博，又懂投資規劃，而男子旁邊應是他的女兒，專注畫畫，顯然是陪著爸爸來與朋友聊天。

朋友？

嗯，我總覺得這詞套在這四人身上有些不對頭。他們應該是因爲某個案子（裝潢案？）互相認識，後來，某一方有求於另外一方，於是找出來聊天順便探探業界行情。

他們聊著，而我則專注的堆疊著故事的架構，當我終於想到最後一幕故事，鬆一口氣，順便清空杯中奶茶時，隔壁的四人也聊完了，憨厚男子握著健談男子的手，低聲說：「拜託了。」「一定。」健談男子也低聲回應。而我眼角餘光瞄到貴婦在一旁笑著。

而少女，依然在畫畫。

後來會發生什麼事呢？

也許這家Mr.Donut會被三位蒙面歹徒持槍搶劫（喔可惜沒發生），也許一年後憨傻男人也聽話開始買NFT，然後剛好遇到最近的虛擬貨幣崩盤，打電話給健談男子卻從此人間蒸發。

又也許，健談男子以爲得逞才發現這是一場黑吃黑，貴婦回家之後帶走所有的錢遠走高飛，與憨厚男子另外組團繼續下一場騙局。

又或許，當三人機關算盡人財兩失後，才發現眞正的始作俑者不是別人，竟是畫畫少女。

她在畫畫時的瞬間，嘴角的一抹冷笑說明了一切。

又或者，這一切只是一個無聊作者想不出好故事時，打發時間的荒誕想像。

對，一切，只是想像。

三把火，觀賞愉快。

【尾巴Misa】

大家好，我是尾巴，好久沒在合集與大家見面啦！

這次的主題是《三把火》，明明字數不多，但我不知道怎麼了，這一篇寫得超級辛苦，而且還寫超級久！

總覺得靈感不連貫又一直斷掉，在最前面多美那邊反覆改了好幾次。連最後到了吳家宅邸那都感覺還一直抓不到手感哈哈哈。

我最喜歡的場景也是吳家儀式那邊了，有點電動畫面的感覺，如果有那種老宅探險的遊戲，我還眞想玩玩。

關於三把火被拍熄的習俗大家應該都有聽過吧，我記得小學時就聽過這樣的鬼故事，讓我一直記著說人家如果從背後喊妳，要整個人轉過去，才不會讓肩膀上的火熄滅，但後來發現，長大後人家叫我，我大概也是蛤的一聲繼續做自己的事情XD

總之，希望大家看書愉快，我們有機會下次見！

【龍雲】

大家好，我是龍雲，很高興在這邊跟大家見面。

我個人是很想要說，這篇小說是眞實故事改編。

只是，這樣說似乎太浮誇了，畢竟可能跟看到這段話的諸位想像的有點不太一樣。

整體來說大概有兩個親身經歷，首先第一個是關於三把火的事情。

大學時期，一次聚餐的時候，有個朋友前一晚在回家的時候，因爲好像聽到有人在叫他，所以回過頭去，結果沒有看到人。最後在回家的路上，因爲跌倒而受傷。關於人身上的三把火的話題，大概就是在那個時候被提及。

據說，半夜被喊名字不能回頭，主要也跟三把火有關，就是人轉頭的時候，你轉的那邊肩膀的火，就會熄滅。

所以如果叫你的眞的是好兄弟的話，你一回頭滅了把火，他就有機可乘了。

然而畢竟這種情況不見得都是好兄弟在叫你，有時候眞的需要回頭，那麼該怎麼辦呢？大家討論了一陣子之後，得出來的辦法，就是轉身不轉頭，頭部固定住之後轉身，這樣就可以防止肩頭的火暫時熄滅。

只是，經過了這麼多年，也沒有任何人回報成功與否的消息……

另外一個則是關於聽故事的話題，又是一次聚餐，時間是在高中時期，大家先是講了一些鬼故事，在其中一個人說的鬼故事中，有提及有人因此開刀之類的話題，然後大家瞎聊的情況下，話題就變成了人生中有沒有經歷過手術這個話題。

問到我這邊的時候，我很明確的說：「我從來不曾動過刀，連需要縫合的傷口也沒有過。」

誰知道此話一出，立刻有人變臉，跟我說不要鐵齒。

當下我不明白，不是在陳述自己的狀況嗎？怎麼就叫鐵齒了？

其他人也跟著說，是說的方法不對，不要說什麼「從來不曾」這種篤定的話，不然好的不靈壞的靈之類的。

我當時心想，這是什麼怪異的迷信啊，只是大家都說得很正經，我也不方便說什麼。

這時有個人還補了一刀，悠悠的說：「尤其是我們剛剛才在說鬼故事，你這樣講更糟糕。」

「對啊，聽說說鬼故事的時候，好兄弟們都會靠過來聽。聽到你這麼說，說不定就會搞你。」另外一個人說。

看眾人你一言、我一語，我當時真的很無奈，畢竟話都已經說出口了，也不能收回吧？

還好大家瞎聊，很快就帶過去了，我也沒放在心上。

然後……第二天下午，我發生了意外，腳去踢到鐵片，結果傷口深可見骨，當下就去醫院縫合了。

在這之後，我「盡可能」不再說什麼從來不曾了，先不要說迷不迷信，光是心裡的陰影面積，我都不知道該怎麼計算了。

由於這兩個親身經歷，是我個人真實經歷的事件，所以我不記得過去在後記或者其他情況之下，有沒有提及，如果有看過的，還請多多包涵。

至於這兩個親身經歷，能不能讓這篇故事加上個真人真事改編，就交給各位去判斷了。

最後，還是希望這篇小說大家會喜歡，我們下次再會。

【笭菁】

繼續往前走的詭軼紀事。

歷經去年的節日主題，今年走傳統習俗路線，頭一篇就以三把火爲主，這相關傳統大家應該耳熟能詳，什麼走夜路不能亂回頭啦、運勢差火就弱，尤其不能拍肩等等。

以前的我總是好奇，回個頭肩上的火就會滅，未免也太脆弱了些吧！一查發現說法眞是眾說紛紜，有說沒那麼容易滅、也有說跟運勢有關，關鍵似乎還是在「遇到了什麼」！

唐家姐弟繼續日常的生活，學生打工都屬正常，有人好奇的問他們姐弟倆在這兒跟《百鬼夜行》的時間差？姐姐去年聖誕的時間線是都市傳說第一部的《聖誕老人》，我想這時間差應該多少能明白些了！

這裡的唐家姐弟倆，還是萌新肉咖的大學生咩！

很開心《詭軼紀事系列》能繼續走下去，今年作者群略有變化，希望能多點新鮮感，也希望大家喜歡囉！至於下一本傳統習俗是什麼？科科，那可是比三把火更更更有名的喔！猜猜吧！

最後，感謝購買本書的您，購書才是對作者最實質且直接的支持，沒有您們的購書，作者便無法繼續書寫，萬分感謝、銘感五內！謝謝！

境外之城 136

詭軼紀事・伍：頭肩三把火

作　　者／Div（另一種聲音）、尾巴Misa、龍雲、笭菁
企畫選書人／張世國
責 任 編 輯／張世國
發　行　人／何飛鵬
總　編　輯／王雪莉
業 務 經 理／李振東
行 銷 企 劃／陳姿億
資深版權專員／許儀盈
版權行政暨數位業務專員／陳玉鈴
法 律 顧 問／元禾法律事務所　王子文律師
出版／奇幻基地出版
城邦文化事業股份有限公司
台北市 104 民生東路二段 141 號 8 樓
電話：(02)25007008　傳眞：(02)25027676
網址：www.ffoundation.com.tw
e-mail：ffoundation@cite.com.tw
發行／英屬蓋曼群島商家庭傳媒股份有限公司城邦分公司
台北市 104 民生東路二段 141 號11 樓
書虫客服服務專線：(02)25007718・(02)25007719
24 小時傳眞服務：(02)25170999・(02)25001991
服務時間：週一至週五09:30-12:00・13:30-17:00
郵撥帳號：19863813　戶名：書虫股份有限公司
讀者服務信箱 E-mail：service@readingclub.com.tw
歡迎光臨城邦讀書花園 網址：www.cite.com.tw
香港發行所／城邦（香港）出版集團有限公司
香港灣仔駱克道 193 號東超商業中心 1 樓
電話：(852) 2508-6231 傳眞：(852) 2578-9337
馬新發行所／城邦（馬新）出版集團
【Cite(M)Sdn. Bhd.(458372U)】
11, Jalan 30D/146, Desa Tasik,
Sungai Besi, 57000 Kuala Lumpur, Malaysia.
電話：(603) 90578822　傳眞：(603) 90576622

封面版型設計／邱哥工作室
排　　版／邵麗如
印　　刷／高典印刷有限公司
■2022 年（民 111）7月28日初版一刷

售價／340元

國家圖書館出版品預行編目資料

詭軼紀事・伍：頭肩三把火／ Div（另一種聲音）、尾巴 Misa、龍雲、笭菁著 —初版—台北市：奇幻基地出版；家庭傳媒城邦分公司發行；2022.8（民 111.8）
面：公分．–（境外之城：136）
ISBN 978-626-7094-92-1（平裝）

863.57　　111010879

ISBN 978-626-7094-92-1

Printed in Taiwan.

※ 本故事內容純屬虛構，如有雷同，純屬巧合。

廣　告　回　函
北區郵政管理登記證
台北廣字第000791號
郵資已付，免貼郵票

104 台北市民生東路二段141號11樓

英屬蓋曼群島商家庭傳媒股份有限公司城邦分公司 收

請沿虛線對摺，謝謝

奇幻基地

每個人都有一本奇幻文學的啓蒙書

奇幻基地粉絲團：http://www.facebook.com/ffoundation

書號：1H0136　　書名：詭軼紀事．伍：頭肩三把火

請於此處用膠水黏貼

奇幻基地

讀者回函卡

謝謝您購買我們出版的書籍！請費心填寫此回函卡，我們將不定期寄上城邦集團最新的出版訊息。

姓名：________________　　性別：□男　□女

生日：西元________年________月________日

地址：________________

聯絡電話：________________傳真：________________

E-mail：________________

學歷：□1.小學　□2.國中　□3.高中　□4.大專　□5.研究所以上

職業：□1.學生　□2.軍公教　□3.服務　□4.金融　□5.製造　□6.資訊

□7.傳播　□8.自由業　□9.農漁牧　□10.家管　□11.退休

□12.其他________________

您從何種方式得知本書消息？

□1.書店　□2.網路　□3.報紙　□4.雜誌　□5.廣播　□6.電視

□7.親友推薦　□8.其他________________

您通常以何種方式購書？

□1.書店　□2.網路　□3.傳真訂購　□4.郵局劃撥　□5.其他

您購買本書的原因是（單選）

□1.封面吸引人　□2.內容豐富　□3.價格合理

您喜歡以下哪一種類型的書籍？（可複選）

□1.科幻　□2.魔法奇幻　□3.恐怖　□4.偵探推理

□5.實用類型工具書籍

有更多想要分享給
我們的建議或心得嗎？
立即填寫電子回函卡

您是否為奇幻基地網站會員？

□1.是□2.否（若您非奇幻基地會員，歡迎您上網免費加入，可享有奇幻基地網站線上購書75折，以及不定時優惠活動：http://www.ffoundation.com.tw/）

對我們的建議：________________

____

____

請於此處用膠水黏貼